吸血鬼と生きている肖像画

赤川次郎

集英社文庫

イラストレーション／ホラグチカヨ
目次デザイン／川谷デザイン

吸血鬼と生きている肖像画

CONTENTS

吸血鬼と生きている肖像画

吸血鬼とお茶を

無人の駅

「ここで間違いないの？」

と、涼子《りようこ》が不機嫌そうな声を出した。

「そのはずだが……」

フォン・クロロックは夏の日射しに少々辛《つら》そうだ。

それは当然だろう。何しろフォン・クロロックは正真正銘の吸血鬼。

本当なら太陽の光は苦手なのだ。もちろん、映画の吸血鬼みたいに、日光に当たっても灰になったりしないが。

「でも、山の中ね、やっぱり」

と、とりなすように言ったのは、娘のエリカ。

母親は普通の人間なので、日光に弱い、ということはない。

「風が涼しい。きっと駅員さん、昼寝でもしてるんじゃない?」

エリカは一緒に列車を降りた友人たち——大月千代子《おおつきちよこ》と橋口《はしぐち》みどりの方へ、

「ちょっと荷物見ててね。様子を見てくる」

その駅は、〈無人駅〉というほど小さくなかった。

事情あって各駅停車でやって来たエリカたちは、この駅で降りた唯一《ゆいいつ》の客だったが、急行では、きっと大勢の客がこの山の中の温泉町を訪れてくるはずだった。

エリカは、駅舎の窓口を覗《のぞ》き込むと、

「すみません……」

と、声をかけてみた。

「——日かげに入ろう」

クロロックはえらい量の荷物を両手にさげて、駅舎の影の中へと避難した。

単に、日光に弱いというだけではない。一応正統派吸血鬼(?)としては、この真夏でもTシャツにジーパンというわけにいかない。

イメージというものも大切なので、やはり黒のスーツにマントという冬向きのスタイル。

ただし一応夏物なのでマントも薄い布地でこしらえていた。

「私たちも」

と、クロロックの妻、涼子も大事な息子、虎《とら》ノ《の》介《すけ》の手を引いて夫のそばへ。

みどりは千代子の方へ、

「何で私たちだけ、炎天下に立ってなきゃいけないの？」

「さあ……」

――エリカが戻って来た。

「どうだった？」

「誰もいない。ともかく切符を置いといて出ましょ」

「自動改札じゃないの？」

と、涼子は言った。

「こんな山の中、自動改札にするより手動の方がずっと安上がりよ」

と、エリカは言って、涼子の荷物を持ってやった。

母とはいえ、後妻の涼子はエリカより一つ若い。エリカとしては、却《かえ》って気をつかうのである。

──ともかく、みんな切符を改札口の所へ置いて外へ出た。

「泊まり先はどこだっけ？」

と、千代子が言った。

「〈三日月荘《みかづきそう》〉」

と、エリカが答える。

「昔風の名前だね」

「温泉だもの。──でも、パンフレットの写真だと、モダンできれいだった」

「そりゃ、パンフレットが古くさくて汚かったら、誰も来ない」

「言えてる」

一行は駅前へ出たが……。

「──どうしちゃったの？」

と、涼子が唖然として言った。

いかにも温泉地の駅らしく、駅前にはタクシーが並び、みやげ物屋が軒を連ねている。

そして、観光客を迎えに来ている各旅館のマイクロバス。

確かに、どれも揃《そろ》っていた。

ただ――人間が一人もいないのである。

タクシーも運転手がいない。マイクロバスにも。

そして、目の前のみやげ物屋にも、店員の姿がない。

「妙だな」

と、クロロックが言った。

「今、三時過ぎか。おやつの時間?」

と、みどりが言った。

「しかし、誰もおらんというのは……」

クロロックが耳を澄まし、

「いや、話し声や笑い声がする。どこかにいるぞ」

クロロックの耳は人間とは桁違《けたちが》いの能力を持っている。

「じゃ、捜してみる?」

「少し待ってみよう」

と、クロロックは言った。

「あそこにいるマイクロバス、〈三日月荘〉って書いてある」

と、みどりが発見した。

ゾロゾロと行ってみたが、やはり運転手の姿はなく、扉も閉まったまま。

「乗って待っていよう」

クロロックがマイクロバスの扉に目をやると、シュッと音をたてて開いた。

「さ、乗った乗った」

エリカ一行、乗り込んで荷物をひとまとめにすると、各々《おのおの》席に落ちついた。

「今、何時だ？」

「三時二十分」

すると――町の通りに急に人がゾロゾロと出て来た。

「大勢出て来た」

「何か集会でもあったのかしら？」

それは確かにいなくなっていた町の人々だった。

みやげ物屋の店主、駅員、タクシーの運転手……。

「みんなが一度にいなくなって、一度に戻ってくるなんて、ふしぎだね」

と、エリカが言うと、みどりが、

「分かった！　どこかでカレー一杯三十円で食べさせてたんだ」

「それも一つの考えだけどさ、みんなが一度に食べ終わるってことないでしょ」

エリカの言葉に、みどりも、

「そうか……」

と、腕組みして考え込んでしまった。

そこへ、このマイクロバスの運転手が戻って来て、

「あれ？」

と、中を覗き込み、

「どうやって乗ったんだね？」

「ちょうど扉がスーッと開きましたので、失礼しましたよ」

と、クロロックは涼しい顔で言った。

「そうかい？」

運転手は釈然としない表情で首をかしげていたが、

「——ま、いいや。あんたたち、ええと……神代《かみしろ》さん？」

と、予約の表を見る。

「そうです」

「ＯＫ。じゃ出かけよう」

運転手がエンジンをかける。

そのとき、

「待って！」

と、声がして、大きなバッグをしょった、ハイキングスタイルの若い女が駆けて来た。

そして、外から、

「乗せて！　いいでしょ！」

と叫んだのである。

初老の運転手はキョトンとしていたが、仕方なく扉を開け、

「あんた、予約は？」

答える前に乗り込んで来たその女性、

「入れてないけど、一人ぐらい泊まれるでしょ？」

と言うと、さっさと空《あ》いた席にドサッと荷物を下ろし、腰をかけて、

「さ、出発！」

マイクロバスは一揺れして走り出したのである。

「――面白い人ね。大学生かな」

と、エリカが言った。

「どうかな」

クロロックが、ちょっと首をかしげて、

「我々の列車からは降りなかったぞ。どこから来たのかな」

「そういえば……」

マイクロバスは山道を辿《たど》って行った。

走り出すとすぐ、その若い女性は少し口を開けて居眠りを始めた。

「――見て」

エリカはバスの中を見回した。

涼子、虎ちゃんから、みどり、千代子までみんな居眠りしている。

要するに、起きているのはクロロックとエリカだけだったのだ。

「乗り物に乗ると眠くはなるけど……。運転手さんだけは眠らないでいてほしいね」

「どうやら、それも危ないようだ」

「え？」

エリカは運転手を見てギョッとした。

運転手の頭がバスの揺れにつれて右へ左へとかしいでいる。

「大変！　起こさないと——」

「待て。ただの眠気ではない」

「え？」

「お前や私には効かないが、一種の催眠ガスのようなものがバスの中へ入って来ている」

「じゃあ……」

バスは、谷川に沿って走っている。

片側は深く落ち込んだ崖だ。

「バスが落ちるよ！」

「任せろ」

クロロックは力を集中させると、ハンドルを動かした。

「エリカ、窓から外を見て、指示しろ」

「うん！　――右！　――左！　もっと！　――ＯＫ！」

バスはクロロックのリモコン操作（？）で、何とか崖っぷちをかすめて走って行ったのである。

山《やま》間《あい》の宿

クロロックの「運転」は、二、三分で終わった。

少し行くと、運転手が目をさまし、「はて？」という顔をして、あわてて頭をブルブルッと振ったのである。

「やれやれ……」

「何とか無事ね」

エリカも胸をなで下ろしている。

すると、千代子《ちよこ》、みどりも欠伸《あくび》をしながら目をさまし、

「ああ……。眠っちゃった！　もう着いたの？」

「食事が出てくる夢見てた」

エリカは苦笑して、

「もう少しよ」

と言った。

涼子《りようこ》は、虎《とら》ちゃんが目をさましてモゾモゾと動き出したので、

「あら……」

と、目をさまし、

「私——寝ちゃったのかしら」

「ほんの五分くらいよ」

と、エリカは言った。

結局、マイクロバスが〈三日月荘《みかづきそう》〉の前に着くまで眠っていたのは、後から乗り込んできた若い女性だけだった。

「——お待たせしました」

と、運転手がエンジンを切って立ち上がると、

「お荷物はそのまま、私が中へ運びますから」

「ああ、よく寝た！」

と伸びをすると、その女性は、大きなリュックを「よいしょ」としょって、

「自分の荷物は自分で運びます！」

と、さっさとマイクロバスを降りて行った。

エリカたちが降りると、

「まあ、よくいらっしゃいました」

と、やって来たのは明るい色のスーツ姿の女性。

「〈三日月荘〉へようこそ。私は河合今日子《かわいきようこ》と申します。この旅館のオーナーです」

まだ三十を少し出たくらいだろう。キリッとした美しさは、旅館の女将《おかみ》というよりビジネス界で活躍するキャリアウーマンという印象。

「神代《かみしろ》エリカ様……」

「私です」

と、エリカが言った。

「皆様、どうぞ中へ。ソファの所でお休み下さい」

河合今日子が案内する。

「すみません。予約してないんですけど。一人旅で」

と、あの女性が呼びかけた。

「どうぞ。お部屋が二人用しかございませんが……」

「結構です。——名前は山名《やまな》はるかです」

「では、こちらで手続きを」

——代表してエリカがチェックインの手続きをしていると、運転手が荷物を運んで来る。

「お父さん、そっちへ置いて」

と、河合今日子が言った。

父と娘か。エリカはチラッと二人の方へ目をやった。

隣でやはり宿泊者カードに記入していた山名はるかが、

「あの変わったいでたちの方、お父様？」

と、エリカに訊《き》いた。

「ええ。父は吸血鬼なの」

「本当だ。よくお似合いね」

と、山名はるかは笑った。

本当のことを言っても信じてくれるはずがないので、気は楽である。

「じゃ、これで……」

　と、山名はるかがフロントの係にカードを渡す。

「——洒落た旅館ね」

　と、山名はるかは言った。

「ホテルね、造りは。温泉も今は若い人が喜ぶように作らないと」

「神代さんだっけ」

「神代エリカ。大学生です」

「山名はるかよ。K大生」

「よろしく」

　山名はるかは、こういうジーパンスタイルがいかにもよく合っている、ボーイッシュな感じの女性である。

　——部屋への案内をソファにかけて待っていると、山名はるかのリュックの中でケータイの着信音がした。

「こんな山の中まで、誰だろ」

　はるかはリュックからケータイを取り出すと、立ち上がってロビーの外れに行った。

「――はい、私です。――今、着いたところ。――ええ、無事です」

はるかは小声で話しているが、エリカの耳にはちゃんと聞き取れる。

「え？　何ですって？」

はるかは驚いた様子で、

「そんなこと――。やめて下さい。危ないわ。――もう？」

どうやら、山名はるかは、ただのんびりと旅をしているわけではないらしい。

「お待たせしました」

河合今日子はにこやかに、

「お部屋へご案内いたします」

――旅館としては決して大きくない。

「一つ伺《うかが》ってもよいかな」

と、クロロックが言った。

「何なりと」

「列車が着いたとき、駅にも駅前にも人が一人もいなかった。あれはどういうわけかね」

「一人も——ですか」

河合今日子の顔に驚きの表情が広がった。

「うむ。駅前のタクシーも、ここのマイクロバスの運転手もいなかった」

「父もいませんでしたか」

「お父さんかね？　あまり似ていないが」

「そう呼んでいますが、正しくは義父です。亡くなった夫の父親で。ですから父は久保山《くぼやま》といいます。私は旧姓に戻ったので」

「ほう。ご主人を亡くして、ここを経営しておられる。立派なものだ」

「恐れ入ります」

ドアの前で足を止め、河合今日子は、

「——お茶の時間なのです」

と言った。

「お茶？」

「三時に、みんなで〈お茶の時間〉を持とうというので……。初めはほんの数人でしたが、今は町の大部分の人が……。でも、駅員までいなくなっていたなんて」

「〈お茶の時間〉か……」

今日子は微笑んで、

「お忘れ下さい。ここにいる間、〈お茶の時間〉のことには係わり合わない方がよろしいと存じます」

今日子の目は笑っていなかった。


上着の内ポケットでケータイが鳴った。

大江《おおえ》は取り出して、

「かかって来たか」

と、ちょっと笑って呟《つぶや》くと、

「もしもし」

「先生！　どこにいらっしゃるんですか？」

「怖い声を出すなよ。君はせっかく美人なのに、しゃべり方が怖すぎる」

「大きなお世話です。どこにいらっしゃるんです？」

と、金田恵子《かねだけいこ》は言った。

「列車の中だ」

「列車？　どこへいらっしゃるんですか？」

「秘密だ」

「そんなことを！　――いいですか。夏休みでも研究施設は毎日開いてるんですよ」

「分かってるとも。僕もK大教授の端くれだ」

「お休みなら、ちゃんと届《とどけ》を出して下さい」

「君、秘書だろう。代わりに出しておいてくれ」

「もう……。何日までですか？」

「さあね。帰るときは連絡するよ」

金田恵子は少し間を置いて、

「先生。山名さんとご一緒ですか」

と訊いた。

「山名君と……」

「山名さんも休んでました。ご一緒ですね」

列車の座席で、大江は少し黙っていた。

他の座席では、もう旅館気分で缶ビールを開けて飲んでいる。

「先生？」

「金田君。これはプライベートなことだ」

少し突き離したような言い方になった。

「もちろん、先生が誰と付き合おうと、私が口出しすることじゃないと思います。でも、女子学生とのお付き合いは、うまく行っているときはいいですけど、こじれると大学側に知れることに……」

「心配かけてすまん。しかし、仕方のないことなんだ。大丈夫。また連絡するから」

「先生——」

金田恵子が言いかけるのを、構わず大江は切ってしまった。

「——すまん」

大江はケータイに向かって詫びた。

金田恵子が、心から自分のことを案じていてくれることは、大江にもよく分かっている。

しかし、恵子には分からないのだ。大江がなぜ山名はるかにひかれ、お互い好きになったか……。

確かに妻のある身で、大学教授が女子学生と恋に落ちるなど、「よくあるスキャンダル」に過ぎないと見えるだろう。しかし、そうではない。

そうではないのだ……。

大江は、ため息をついて車窓の外の緑濃い山並を眺めていた。


「お父さん」

河合今日子は、〈三日月荘〉の表へ出ると、マイクロバスを洗っている久保山武《たけ》雄《お》へ声をかけた。

「ああ、どうした？　何だか面白い客だな、あの一行は」

「そうね」

「あの妙なマントを着たのは、どこか外国の者だろう。どういう家族かな」

と、久保山は笑って言った。

「お父さん。——三時にあの店へ行ってたの？」

今日子に訊かれて、久保山はちょっと目をそらし、

「少しギアの切りかえがガタつくんだ。今度見てもらわんとな……」

「お父さん——」

「分かってる。ちょっと顔を出しただけだ」

と、言いわけがましく、

「町の者はほとんど出とるぞ」

「それにしたって……。お客様を放ってまで？」

「お前はそう言うが……。一度、あの〈お茶の会〉に出てみろ。何だか心が落ちついて、何ていうか——そう、最近よく言うだろ。『いやされる』感じなんだ」

「私には分からないわ。あの女、何だか妙よ」

と、今日子は腕組みして、

「ともかく、列車で着いたお客様を、〈お茶の会〉のせいで待たせたりしないで。いいですね」

「ああ、分かった……」

久保山は、旅館の中へ戻って行く今日子を見送って、ちょっと肩をすくめた。

――その様子を、三階の廊下の窓から見下ろしていたエリカは、

「何かわけありね」

と言った。

「うむ……。町中の人間が集まる〈お茶の会〉とは、まともでないな」

クロロックも一緒だった。

「でも、あんまり妙なことに首を突っ込まないでね。温泉に入りに来ただけなんだから」

「首を突っ込みたがるのは、お前の方だろうが」

そう言われると、エリカも言い返せないのだった……。

ふしぎな女

大江《おおえ》は列車をおりると、ボストンバッグを手に、改札口の方へ向かいながら、ケータイで山名《やまな》はるかへ電話した。

「――ああ、今着いた。〈三日月荘《みかづきそう》〉だったな」

「ええ。マイクロバスが駅前に待ってるはずよ」

と、山名はるかは言った。

「分かった。捜して乗ろう」

「旅館の人には、連れが来るって話してあるから」

「そうか。もう温泉に入ったか?」

「ええ、しっかりね。いい気持ちよ」

と、はるかは楽しげに言った……。

　——大江は改札口を出た。

　もう暗くなっているが、それほど遅い時間でもない。

　乗って来た急行列車から降りた客は大勢いるので、大江もあわてることなく、〈三日月荘〉のマイクロバスを捜した。

　みやげ物屋の前につけて停まっている〈三日月荘〉のバスを、大江はすぐに見付けた。何人かすでに乗り込んでいる。

　大江がそのバスの方へと向かうと、

「——毎度どうも」

　みやげ物屋の店先での声が大江の耳に入って来た。

「いいお茶でした」

「そう？　良かったわ。またいつでもいらしてね」

　という女の声。

　大江は足を止めた。——まさか！

　みやげ物屋から、いやに派手な、まるで占い師かという格好の女が出て来た。首に何重も首飾りをかけ、指にはいくつも指環《ゆびわ》が光っている。

女が、大江の視線を感じたのか、顔を向けた。そして——足が止まる。

「まあ……」

「爽子《さわこ》!」

大江は目を疑った。

「お前か、やっぱり」

「あなた……。どうしてここが分かったの?」

大江の妻だった女——いや、今でも法律上は妻だが——が、大きく目を見開いている。

「いや……。僕はこの温泉に来ただけだ」

「じゃ、偶然に?」

「ここで何してるんだ? その格好は何だ」

爽子は首飾りをいじりながら、

「色々事情があるの。——ともかく、町の人に見られるとまずいわ」

「しかし……」

「明日、お店に来て。お昼ごろに」

と、小声で言う。

「店って？」

「〈お茶の会〉の店と訊《き》けば、誰でも知ってるわ。それじゃ」

「おい、爽子――」

止める間もなく、大江の妻は駆け出して行ってしまった。

大江は、しばし呆然と立ちすくんでいたが――。

ふと気が付くと、〈三日月荘〉のマイクロバスは発車してしまっていた。

「仕方ないな……」

大江は駅前のタクシー乗り場に戻った。同じ列車で着いた観光客が乗って行ったので、タクシーがない。

しかし、少し待てば戻ってくるだろう。
五、六分で、空車がやって来て、大江はホッとした。
「――〈三日月荘〉まで頼む」

と、座席に落ちつく。

タクシーは走り出した。

山道に入ると、何しろ夜は真っ暗である。車のライトに、白いガードレールが浮かび上がった。

「――お客さん、さっき〈マダム〉と話してましたね」

中年の運転手が言った。

「〈マダム〉?」

「チラッと見たんです。あのみやげ物屋から出て来た〈マダム〉とお知り合いのご様子とお見受けしたんで」

「ああ……。昔の知り合いなんだ」

と、大江は言った。「あの人は〈マダム〉っていうのかい?」

「ちゃんと名前はあるんでしょうが、この町の者はみんな〈マダム〉と呼んでます」

「〈マダム〉か……。何かお店をやってるんだって?」

「ええ、〈お茶の会〉を開いてるんですよ」

「〈お茶の会〉か……」

「ええ。毎日午後三時になると、町の人間は〈マダム〉の店にお茶を飲みに行くんですよ」

「午後三時に？」

妙な話だ。

「いや、あの〈マダム〉のお茶を飲ませてもらうとね、実にいい気分になるんです。何かこう——気持ちが落ちついて、何とも言えずいい気分で……」

「ふーん」

大江はちょっと考え込んでいたが——。

タクシーのライトに、白いガードレールが浮かび上がっている。それが目の前に近付いて来て……。

「おい、危ないぞ！」

と、大江が叫んだとき、タクシーはガードレールにぶつかって火花が散った。

「おかしいな……」

ロビーにいた山名はるかは、マイクロバスから降りた客たちの中に大江の姿が見えないので、首をかしげていた。

荷物を運んでくる久保山《くぼやま》へ、

「他にいませんでしたか」

と訊いたが、

「いや、十分くらいは待ってたがね」

「そうですか」

マイクロバスを見付けられなかったのだろうか。

「――どうしたんですか」

と、声をかけて来たのは、浴衣《ゆかた》姿のエリカ。

「あ、エリカさん。お風呂？」

「ええ、夕食前にと思って。――お連れの方は？」

「それが乗ってないの」

「彼氏？」

と訊かれて、はるかは少し照れた。

「まあ……ね。でも正しくは担当教授」

「先生と？」

「うん……。今、彼、四十一歳でね。でも――遊んでるわけじゃないの。先生も真面目《まじめ》な人だし」

「独身?」

「奥さんはいるけど――でも、行方不明になって、もう三年もたつの」

「行方不明って……家出?」

「さっぱり分からないの。友だちと旅行に行くと言って出かけたきり戻らなかった……」

はるかのケータイが鳴った。

「あ、先生だ。――もしもし、マイクロバスに乗りそこなったの? ――え?」

「山名君……。いや、はるか。これが最後の電話になるかもしれない……」

「どうしたの?」

「タクシーでそっちへ向かってたんだが……。どうやら、運転手が死んでしまったらしくてね……」

はるかは唖然とした。

エリカも、父ほどではないが聴覚が鋭い。はるかのケータイの声が聞き取れた。

「お父さん！」

エリカは、ちょうどやって来たクロロックへ手を振った。

「おお、まだ入っとらんのか」

クロロックも浴衣姿。――浴衣姿の吸血鬼というのも珍しい図だろう。

「それどころじゃないのよ！」

「どうした？」

「――今助けに行くから！　頑張って！」

と、はるかが叫んだ。


「――こりゃ大変だ」

と久保山が言った。

マイクロバスのライトに、タクシーが浮かび上がった。

「停めてくれ」

クロロックが言った。

「近くまで行くと、バランスを失うかもしれん。――はるか君といったね」

「はい」

「その先生へ電話して、ともかく動かず、じっとしていろと言いなさい。我々の姿を見て動くと、バランスを失うかもしれん」

「分かりました」

手前でマイクロバスを降りて、クロロックは久保山へ、

「ライトをタクシーの方へ向けておいてくれ」

と声をかけた。

「いいよ。しかし、あれじゃ……」

「諦《あきら》めないことが一番肝心だ」

それにしても……。

エリカも啞然とした。

タクシーがガードレールを突き破っている。しかし、車体はまだ落ちていなかった。

どうしてこうなったのか、分からないが現実に今、大江の乗ったタクシーは、崖から半分飛び出して、そこで微妙なバランスを取っていた。

車体の後ろ半分が宙に浮いた格好。しかし、前半分もタイヤは地面から浮き上がったままである。崖のへりがタクシーの底面に当たって、正にそこでバランスが保たれているのだ。

「先生！　助けに来たわ」

「はるか。――君の姿が見える」

「じっとして！　動かないで」

「ああ。しかし、むだだよ。こんな状態で今まで落ちなかっただけでも奇跡だ」

「お願い、諦めないで。じっとして。今、助けに行くわ」

エリカは、今にも落ちてしまいそうなタクシーの近くまで来た。

「――どうするの？　ちょっとでも触ったら落ちるわ」

「うむ……。運転手は死んどるな」

クロロックがそばへ寄って、

「相手はタクシーの中だからな。助け出そうにも、ドアも開けられまい」

と、考え込む。

「何とかならない？」

落ちれば数十メートルも下が深い谷川。万に一つも助かる望みはない。

クロロックははるかの方へ、

「何か話をしていなさい。緊張をほぐす必要がある」

「はい。――もしもし、先生。どうしてマイクロバスに乗り遅れたの？」

「はるか。実は、女房に出会ったんだ」

「奥さんに？」

「爽子はこの町にいる。何でも〈お茶の会〉とやらを開いているそうだ」

「話をしたの？」

「わずかだがね。明日、その店に来てくれと言われた。ま、この分じゃ行けないかもしれないが」

話している間に、大江の口調は落ちついて来た。

クロロックはじっと考えていたが、

「窓から出すしかないな」

「窓から？　でも窓、閉まってるよ」

「今から割る。――何が起こってもびっくりしないように言いなさい」

はるかがクロロックの言葉を伝えている間にクロロックはスタスタと、タクシーへ歩み寄った。

「チャンスはわずかな間しかない。エリカ、この帯を輪にして、中の『先生』に引っかける」

急いで出て来たので、クロロックは浴衣姿。その帯を解いてエリカへ渡す。——帯なしではどうにも格好は良くないが、ここは仕方ない。

「エリカ。窓ガラスを割れるか。ショックを与えないように静かにだ」

「やってみる」

一度にエネルギーを集中させれば、窓ガラスを割ることは簡単だ。しかし、そのショックで車のバランスが失われてはおしまいである。

クロロックが帯で輪を作ると、エリカの方へ肯《うなず》いて見せる。

エリカは窓ガラスの方へ手をかざすと、じわじわとエネルギーを高めていった。

割れろ！　——さあ！

メリメリと音をたてて、ガラスにひびが入り始める。そして、ゆっくりとガラスは粉々になって落ちて行った。

「よし、――動くなよ」

クロロックが輪にした帯を取り上げると手を離した。――帯は、まるで蛇のように、自《みずか》ら動き出した。

空中をスルスルと滑って行き、窓から車の中へ入って行く。

中で大江が目を丸くしているのが見えた。帯で作った輪が、大江の体にズボッとはまる。

その瞬間、車がズルッと動いてバランスが失われた。

「やっ！」

クロロックが帯をつかんで思い切り引っ張ると、窓から大江の体が飛び出した。

次の瞬間、タクシーは崖下《がいか》の闇へと消え、少し置いて激しい衝突音が響いて来た。

「――先生！」

道へ投げ出された大江に、はるかが駆け寄る。

「はるか！　――どうなってるんだ？　僕は夢でも見てたのか」

クロロックが、大江の体から帯を外すと、

「何ごとも、熱心に祈れば不可能なことはない」

と、急いで浴衣に帯をしめ直し、

「ハクション！」

と、クシャミをしたのだった……。

お茶の時間

　二時五十分。

　最初にドアを叩いたのは、町の銀行の支店長だった。

「——まあ、支店長さん」

　ドアを開けて、〈マダム〉は言った。

「一番乗りですわ。熱心に通って下さって……」

「いや、そこは支店長の強みでしてな」

と、定年も間近な支店長は少し照れた表情で、

「一足先に支店を出ても、誰も文句を言う者はいない。——入ってもよろしいかな？」

「もちろんですわ！　さあどうぞ」

「いや、ここへ入ると空気までが違う！」

と、胸一杯に深呼吸して、重いカーテンを開けて中へ入る。

そこはゆったりした広間で、ソファや分厚いカーペット。どこにでもねそべっていられる。

「じき、部下たちもやってくるでしょう」

と、支店長は言って、

「時に〈マダム〉。先日の融資のお話ですが——」

「ええ。いかがでしょう」

「支店の中では、多少異論もありましたが、私の判断でご融資させていただくことになりました」

「まあ、ありがとうございます！」

「いやいや、こんなすばらしい〈お茶の会〉を開いておいでなのですから、それに報いるのは当然のことです」

「恐れ入ります。——そのお金で、もっと皆さんにおいしいお茶を召し上がっていただくよう努力しますわ」

「お願いしますぞ」

「今、お茶を」

〈マダム〉は一旦奥へ引っ込むと、すぐ銀の盆にティーカップをのせて現れた。

「やあ、すばらしいカップだ、いつもながら感心させられます」

「お茶を味わっていただくには、器も大切ですから」

支店長は一口飲んだ。

「――実に旨《うま》い！」

と、ため息をついた。

「さあ、お寛《くつろ》ぎください。他の方もおいでになったようですわ」

〈マダム〉は表のドアを開けに行った。

「――まあ、駅長さん。――町長さんも」

「毎日伺《うかが》わんと気がすまなくなりましてな、〈マダム〉」

町長は、〈マダム〉の手を取って、その甲に唇をつけた。

「まあ、町長さん、そんなことを」

「〈マダム〉、来週の町議会で、例のスーパーの跡地を、あなたに格安で払い下げる旨《むね》、可決されます」

「それはすてきなお話ですわ！」

「なに、我々に、こんなすばらしい時間を与えて下さっているのですから、お礼をするのは当然のことです」

「そうおっしゃって下さると……。さ、お入り下さい」

「いや、全く……」

町長は広間へ入ると、

「こんな優雅な、宮殿のような部屋は他にはない！」

「すぐにお茶を」

〈マダム〉は奥へ入ると、お茶の用意をした。

「──〈マダム〉」

「ああ、びっくりした！　久保山《くぼやま》さん、どうしたの？」

久保山武雄《たけお》は小声で、

「実は──ゆうべのことですがね」

「ゆうべのことって？」

「例の大江《おおえ》って先生ですよ。──やりそこなったんです」

「やりそこなった？」

「ええ。うまく運んだんですが、妙な客がいまして、そいつが大江を助けてしまったんです」

〈マダム〉の顔色が変わった。

「──分かったわ。じゃ、大江は生きてるのね？」

「ええ。どうしましょうか」

「私が改めてお願いします。それまでは待っていて」

「分かりました……」

久保山が出て行くと、〈マダム〉は町長と駅長にお茶を運んでから、奥へ戻って、

「──あの人を殺してくれなんて、お願いしていません！」

と言った。

「だから何だ？」

部屋の奥の暗がりから声がした。

「あの人に罪はありません」

「馬鹿を言うな。あいつがお前のことをしゃべりまくったらどうなる。邪魔になりそうな人間は除いておかねばならん」

「ですが……」

「俺に逆らうのか？」

突然、〈マダム〉は胸を押さえてその場に倒れた。

「やめて！　お願いです、殺さないで！　苦しい！」

まるで見えない手で心臓をじかに握りつぶされようとしているかのようだった。

「——分かったか」

と、その声は言った。

「はい……」

〈マダム〉は喘《あえ》ぎながら、何とか起き上がった。

「奴をここへ呼ぶんだ」

「はい……」

〈マダム〉は弱々しい声で言った。

「——さあ、行け。三時だ。みんながやってくる」

「はい……」

〈マダム〉は髪を直し、背筋を伸ばすと、広間の方へと歩き出した。

「——いらっしゃいませ」

銀行の窓口には、中年の女性行員が一人、ポツンと座っているだけだった。

「失礼だが——」

と、クロロックは言った。

「銀行は三時で閉めるのではないのかね？　今は三時十五分だが」

「本当はそうです」

と、その女性行員が肯《うなず》く。

「あんた一人かね」

「そうです。それで閉めることもできないんです。私、パートですので」

「なるほど。他の行員はどこへ行ったんだね？」

「〈お茶の会〉です。ご存知？　〈マダム〉っていう女の人が、〈お茶の会〉を開いてます。三時からなんですけど、うちは支店長以下、全員そこへ毎日通っています」

「ほう。三時に店を閉めることも忘れて？」

「私がいるから大丈夫だとか言って……。支店長も、あんな人じゃなかったんです。時間にも几帳面《きちょうめん》で、決して遅刻もしない人でした。それが……」

「あんた一人が留守番というわけか。〈お茶の会〉は、そんなに楽しいものなのかね？」

と、クロロックは訊《き》いた。

「私は出ていないので分かりませんけど、『生き返ったような気分だ』とか、『身も心もとろけるようだ』とか……。ともかく豪華な広間でゆったり寛ぎながら、おいしいお茶をいただくんだそうです」

「ほう。豪華な広間で？　そんな場所がこの町に？」

「ふしぎなんです。今は町の大部分の人がその〈お茶の会〉へ通ってるんですけど、そんなに大勢の人が入れる場所なんかないと思うんですが……」

「なるほど。その〈お茶の会〉はどれくらいの時間で終わるのかね？」

「たいていは二十分くらいで……。あ、支店長」

穏やかな表情の紳士が入って来た。

「先に戻って来た。君にいつも留守番を頼んでばかりで気の毒でね」

「支店長。そんなことはいいんですけど、表のシャッターを閉めて下さい」

「ああ、分かってる。しかしな――君も、もういいから〈お茶の会〉へ行っておいで」

「私ですか？　私は結構です」

と、女性行員は眉をひそめた。

「君、そう言わずに。――本当にすばらしい気持ちになれるんだから」

「かもしれませんけど、私は行きたくありません」

クロロックは、やって来たエリカへ、

「よく見ておけ。責任ある立場の人間、必ずしもすぐれているわけではない。時には、一番つまらない仕事をしている人間の方が、却《かえ》ってバランスが取れている」

支店長は急に怒り出した。

「君！　私がこれだけ言ってもいやだというのか！」

「支店長。私はこの支店の仕事をするために来ています。お茶を飲みに行くためじゃありません」

「これは支店長としての業務命令だ！　いやだというならクビだぞ！」

真っ赤な顔で言ったと思うと——突然支店長は胸を押さえ、苦しげな呻《うめ》き声を出して、床に倒れた。

「——支店長！」

女性行員があわててカウンターから出てくる。

クロロックが近寄って、脈《みやく》をみたが、

「もう亡くなっている」

と、首を振って、

「一応救急車を呼びなさい」

「はい……。でも、どうして？」

「どうも、その〈お茶の会〉と関係ありそうだな」

「支店長さん……。あんな風に怒鳴ったり、決してなさらない方だったのに」

「——ひとつ、我々もその大広間を見に行くか」

と、クロロックは言った。

大広間

「私も行きます」

と、河合今日子《かわいきょうこ》が言った。

旅館から車でクロロックたちを乗せて来たのである。

大江《おおえ》とはるかも一緒だった。

「しかし、これは僕と女房の問題です」

と、大江が言った。

「いや、そうではない」

と、クロロックが首を振る。

「タクシーの運転手が死に、銀行の支店長が死んだ。——これは、ただの〈お茶の会〉ではない」

「私も行くわ」

はるかが大江の腕をしっかりとつかんだ。

「分かったよ」

大江が微笑む。

「――その店はどこかね？」

「ご案内しますわ」

と、今日子が言った。

「中へ入ったことはありませんが、どう見ても、そんな大広間があるとは思えませんせん」

一行は町の中心部から少し外れた場所の、ごく普通の二階建ての家に来た。

「――これです」

「どう見ても、十人も入りゃ一杯だな」

と、大江が言った。

今日子がチャイムを鳴らす。

クロロックがエリカにそっと何か囁《ささや》いた。エリカが小さく肯《うなず》く。

ドアが開いて、〈マダム〉が現れた。

「──爽子《さわこ》」

「いらっしゃい。遅かったのね」

と、みんなを眺めて、

「大勢ご一緒に。──どうぞ、お茶を召し上がれ」

と傍《かたわ》らへ退く。

はるかは、大江のそばにピタリとくっついていた。

玄関を入ると、小さなスペースがあって、奥に分厚いカーテンが引かれている。

はるかは、フッと体が軽くなるような気分になった。

「さあ、どうぞ。皆さん、ゆったり寛《くつろ》いでらっしゃいます」

と、〈マダム〉──爽子がカーテンを開けた。

「──まさか」

と、はるかは呟《つぶや》いた。

あの家の中に……。どうして？

広々とした部屋。──それも、豪華な調度品が所狭しと並んで、町の人たちが思い思いに寛いでいる。

「いかが？　みんな、身も心も解放されているんです」

「これは驚いた」

と、大江が目をみはる。

「嘘じゃなかったのね」

今日子も唖然としている。

「お茶をいれますわ」

爽子は奥へ入っていくと、すぐにティーカップをのせた盆を手に戻って来た。

「さあ、お好きなカップで。――どれもウェッジウッドなど、一流メーカーの器ですわ」

今日子もはるかも、そして大江もカップを手に一口飲んで、

「――おいしい！」

と、感嘆の声を上げた。

「さあ、どうぞ」

爽子がクロロックへすすめる。

「ありがとう」

クロロックは、カップを取り上げ、

「私はこれにしよう」

「お似合いですわ。ドイツのものです」

「そうか。ドイツ製のプラスチックのコップかな？」

「プラスチックですって？」

「さよう。ま、歯みがきのときにでも使うような大量生産品だな」

「何を馬鹿な……」

爽子が青ざめている。

「エリカ、お前のはどうだ？」

「私のは紙コップよ」

「そいつはひどいな」

クロロックがバッとマントを広げると、

「幻をかき消すぞ！」

と叫んだ。

「ヤッ！」

エリカが広間の壁に向かって突進すると、ガラスの砕ける音がして、広間の壁が一瞬の内に消え去った。

「何をするの！」

「風を入れる」

クロロックが力を込めて握りこぶしで宙を打った。

メリメリと音をたて、壁が裂けた。

外の風が吹き込んでくる。

「――これ、どういうこと？」

と、はるかが叫んだ。

大広間などではない。

せいぜい十畳ほどの部屋に、町の人々が折り重なるように押し込まれ、互いの上に寝そべっていた。

そして、手にしているのは、安物のプラスチック容器。

「何だこれは！」

大江が口からお茶を吐き出した。

「まずい！　こんなものはお茶じゃない！」

「あの大広間は？」

今日子が愕然とする。

「すべて幻だ」

と、クロロックが言った。

「ここの手前、カーテンの向こうにいるとき、この女は幻覚をひき起こす薬を空気中に出していた。みんな、この狭い部屋を大広間と思い、プラスチック容器を高級陶器と言われれば、そう見てしまった。しかも、このまずいお茶も、天上の美味に感じられたのだ」

町の人たちも、モゾモゾと起き上がって、

「おい！　――どけ！」

「そっちこそ！　邪魔だ！」

と、争い始めた。

「早く出て行け！」

クロロックの一声に、みんな先を争って逃げ出して行く。

「——どうして？」

爽子が叫んだ。

「どうして、あなたたちには効かなかったの？」

「簡単だ。私とエリカは呼吸を止めていた」

「何ですって？」

「我々は少々並の人間と違うのでな、数分間なら息を止めていられる」

爽子がよろける。

「爽子！　なぜこんなことを？」

「あんたの奥さんは使われていただけだ」

「え？」

「奥さんを操っていた人間は、そこにおる」

クロロックが手を真っ直ぐに伸ばすと、古びたドアがもぎ取られるように倒れた。

「よせ！」

と叫ぶ声。

黒ずくめの服装の男が、光をまぶしげに受けて立っていた。

「——あなた！」

と、今日子が目をみはった。

「生きてたの！」

「いや、半分だけ生きていたと言うべきかな」

と、クロロックは首を振って、

「事故死したお前を、生き返らせようとして、父親が悪魔と契約を結んだ。そうだろう」

「畜生！——貴様は誰だ！」

と、今日子の夫は叫ぶと、苦しげにもがいて倒れた。

「修《おさむ》！」

父親が駆けて来た。

「修！　もう少しだったのに！」

「愚かな。死んだ者は、安らかに眠らせてやるべきなのだ」

と、クロロックは言った。

「修は――俺のすべてだった！　修を失って生きていけるか！」

久保山《くぼやま》が息子を抱きしめる。

しかし、息子の体は、久保山の腕の中で、どんどんひからびて崩れ、ついに粉々になってしまった。

久保山が声を上げて泣き出した。

「――クロロックさん」

今日子が言った。

「町が救われました」

「そうだな。幻覚をもたらす薬の力で町の人間を支配し、手足の如《ごと》く使って、さらに他の町へ広めるつもりだったのだろう」

――爽子は、夫の前に来て、

「私――家を出て、困っていたとき、あの男に会ったの。やさしくしてくれて、心ひかれたわ。自分が恐ろしいものを愛してしまったと知ったときは、もう逃げられなかった……」

「幻覚剤の作用で死ぬ者も出た。警察へ、正直に話すことだ」

と、クロロックは言った。

「もっとも、信じてもらえないかもしれないがな」

「あなた、どこへ行ってたの？」

〈三日月荘《みかづきそう》〉へ戻ると、涼子《りようこ》が不機嫌な顔で待っていた。

「そう怒るな。温泉に入るか」

「もう二回も入ったわ」

と、涼子は口を尖《とが》らして、

「ここも、悪くないけど、もう少し立派だといいわね。——あら、ごめんなさい」

「いいえ」

と、今日子が微笑んで、

「うちはありのままに見ていただくことにしているんですの」

と言った。

「それが一番だ」

クロロックは涼子の肩を抱いて、

「一緒に家族風呂に入るか」

「ええ！」

――エリカは父と涼子を見送って、

「あんまり娘の前で、『ありのまま』を見せつけないでよね」

と、こぼしたのだった……。

吸血鬼と生きている肖像画

荷物

それは、ちょうど昼休みの時間、ビルのロビーへと運び込まれて来た。

〈S貿易〉のビル一階で受付に座っている大澤由美《おおさわゆみ》は、午前十一時ごろに、総務の方から回って来た電話に出て、

「今日、荷物をお届けしますから」

と、運送会社の担当者から聞かされた。

「他を回る都合で、お昼休みに入っちまうかもしれないんです」

と言われて、大澤由美は、

「大丈夫ですよ。私、お昼休みはずっと受付にいますから」

と答えた。

お昼休みだからといって、来客がないわけではない。〈S貿易〉では、女子社員

が昼休みの間、交替で受付に座っていることになっていた。

庶務につとめて四年余りの大澤由美は、もうこの受付当番にも慣れている。

しかし——その荷物が運び込まれて来たときには、さすがに由美もびっくりした。

「どうも！　N運送です」

「あ、あの……何ですか、それ？」

包装が大きいのだろうと想像はついたが、それにしても……。

「荷物です。印鑑かサインを」

「あ、はい……。じゃ、サインで」

由美は伝票にサインをして、〈内容〉の欄を見た。

「〈美術品〉？」

「ええ。何だか絵みたいですよ。ここでいいですか？」

訊《き》かれて、由美はあわてた。

「待って！　ちょっと待って！」

絵画か。——確かに、大きさの割に厚みがない。それでも、高さが運んで来た男の背丈の倍近くあった。

「こんな所に置いてかれても……。ちょっと待って」

絵を飾る？　どこに持って行けばいいのだろう？

誰か分かる人はいないかと社内のあちこちに電話してみたが、誰も出ない。——昼食どきなので仕方ないか。

困ったな……。

由美が途方にくれていると、

「あら、もう着いたの？」

と、声がして、スラリと長身のスーツ姿。

「南《みなみ》さん！　良かった」

と、由美は言った。

「これ、絵らしいんですけど、どこへ飾るのか、知ってます？」

「もちろんよ！　社長室に決まってるでしょ」

と、南久仁子《くにこ》は言った。

決まってるでしょ、って言われても……。

「社長室へ運んで。——いいわ、私が案内する」

南久仁子は社長、野上新吉《のがみしんきち》の秘書である。

「優秀な秘書」の見本みたいな、知的美人。

他の社員からは好かれていない――というより「敬遠されている」と言う方が正しいだろう。

ともかく、大澤由美は南久仁子が引き受けてくれたのでホッとしている。

「エレベーターへ」

と、南久仁子が先に立って行くと、その絵を運んで来た男たち三人も、あわてて後に続く。

――社長室に飾るのか。

じゃ、まず滅多に目にすることはないだろう、と由美は思った。

庶務の、高卒の女子社員が、野上社長に会う機会など、まずない。

「別に会いたくもないしね」

と呟《つぶや》いていると、

「――ちょっと！」

と、靴音を響かせて南久仁子が戻って来た。

「どうしたんですか？」

「どうもこうも——エレベーターに入らないのよ」

「あ……。大き過ぎるんですね。じゃ、荷物用エレベーターで」

由美は、引き出しから鍵を出して、

「これ、差し込めば動きます」

と、南久仁子へ渡そうとしたが、なぜか、

「私——先に行って待ってるわ」

南久仁子は鍵を受け取ろうとしない。

「でも……」

「大澤さん。あの人たちと一緒に」

「はい」

本当は、当番の身で受付をあまり離れたくないが、仕方ない。

「こっちです」

と、裏手の方にある荷物用エレベーターへと案内した。

仕事上、荷物の運搬用エレベーターはかなり大きく作られていて、その包みも充分に納まった。

社長室のフロアへ。

でも、どうして南さんはこのエレベーターに乗ろうとしなかったのかしら？

由美は首をかしげた。

「――出て、右へ行って下さい」

と、由美はエレベーターが目的のフロアに着くと言った。

少し廊下を歩くと、社長室の前で南久仁子が待っていた。

「ご苦労様」

と、南久仁子は言った。「中へ入れて、壁に掛けて行って。包装紙や紐は持って帰ってね」

両開きのドアを開けると、ちょっと雰囲気に吞まれてしまう。

由美は、もう受付に戻っても良かったのだが、何といっても、どんな絵が現れるのか、好奇心もある。

「その正面の壁よ」

と、南久仁子が指示する。「ちゃんと取付用の金具はあるでしょ」

男たちが包みを解く。

「——すばらしいわよ」

と、南久仁子は由美に言った。

どうやら、由美にも見せたいらしい。

「どんな絵ですか？」

と由美が訊くと、

「社長の肖像画よ」

と言われて、ちょっとびっくりする。

「肖像画……」

「そう。今評判の画家なの」

と、南久仁子は肯《うなず》いて、

「知ってる？　桐山竜《きりやまりゆう》っていうの」

「いえ、知りません」

「そう。ま、普通の人は関係ないものね」

と、南久仁子は肯いて、

「ともかく、桐山竜に肖像画を描いてほしい、って人が大勢いて、何年も待たされるの」

「へえ……」

包みが解かれ、絵が出て来た。

包みよりは大分小さいが、それでも目をみはる大きさだ。

「大事にね！　そっとよ！」

と、南久仁子が大声で言った。

そう簡単にはいかず、由美が倉庫へ走って脚立を持ってくる、ということになったが、それでも昼休みの終わるころには、何とか絵は壁にしっかりと取り付けられた。

運送会社の男たちは汗だくで帰って行った。

「——さあ、見てて」

と、南久仁子がドアの傍《かたわ》らのスイッチを押すと、肖像画が照明を受けてくっきりと浮かび上がった。

由美は思わず声を上げた。

照明が当たる前も、それが社長、野上新吉の絵だということは何となく分かったが、今、こうして見ると、まるでそこに生きている野上社長が立っているように思えたのである。

「どう？　すばらしいでしょ」

と、南久仁子は、まるで自分が描いたとでも言いたげだった。

「ええ……。生きてるみたい！　びっくりしました」

由美の素直な喜びように、南久仁子も満足げだ。

そのとき、二人の背後で、

「あれか」

と、声がした。

二人はびっくりして振り向いた。

当の野上新吉が立っていたのである。

「社長、気付きませんで、申しわけありません」

と、南久仁子が大げさに頭を下げる。

「いや、いいんだ。——やっと完成したな」

「はい！　大変立派な出来だと思います」

「うん、全くだ」

野上は社長室の中へ入って来ると、その肖像画のそばまで行って見上げた。

由美のポケットで、呼び出しベルが鳴った。

「いけない！　受付に誰かみえたんだわ」

と、急いでベルを止めると、廊下へと駆け出し、内線用の電話で受付へかけた。

「――あ、大澤です。すみません、ちょっと荷物が届いて、社長室へ運んで来たものですから。――はい、お待ち下さい」

社長室へと戻ると、

「社長、受付に〈Jソフト〉の永田《ながた》社長がおみえです」

と言った。

野上は絵を見上げたまま、

「南君、行って、応接室へご案内してくれ」

「かしこまりました」

南久仁子は靴音を歯切れよく響かせて、出て行った。

由美は、少しためらってから、

「あの……私も当番なので、受付に戻ります」

と言った。

すると——野上は、由美の言葉をまるで聞いていなかったかのように、

「どう思うね、この絵を」

と言った。

「はい……。あの……とても立派でございます」

と言ってから、由美はあわてて、

「私、絵のことは全く無知でして……。すみません、何とも申し上げられなくて」

野上は振り向いて、ちょっと笑うと、

「そう緊張するな」

と、穏やかに言った。

由美は、ちょっと意外な気がした。

野上新吉は社長として部下に厳しいことで知られている。

由美のような平社員にはほとんど関係ないが、部課長クラスになると、「数年で

髪はほとんど抜けるか白くなる」という定評があった。

しかし――今、間近に見る野上は、ずいぶん穏やかで優しい。

「正直に言ってくれ。私本人と比べて、この肖像画はどう見える?」

そう訊かれて、由美はほとんど深く考えることなく、口を開いていた。

「あの――絵を見たとき、本当に社長がそこにおられるようで、ドキッとしました。でも本当の社長はとても優しそうで……。私、何だかホッとしています」

と、一気に言ってから、

「お気にさわりましたら、お許し下さい」

と、付け加えた。

野上は、じっと由美を見ていた。由美の方は、きまりが悪くなって、つい目を伏せてしまう。

野上は六十五歳のはずだ。由美を「女として」見ているわけではないだろうが――。

だが、突然、野上は由美の方へ歩み寄って来ると、由美を抱き寄せて、唇を触れ合わせた。

由美はただ面食らっていたが、野上はすぐにバッと離れて、

「すまん」

と言った。

「いえ……。こちらこそ」

由美も混乱している。

「もう行きなさい」

「はい。——失礼します」

由美が社長室を出ようとすると、

「君」

と、野上が呼び止めて、

「名前は何といった？」

「あの——大澤由美です」

「大澤由美、か……」

野上は肯いて、

「最後にキスした相手の名ぐらい、知っておきたいからね」

と言った。

――あれはどういう意味だろう？

由美は、エレベーターで一階へ下りながら、やっと今の社長の言葉を思い出し、首をかしげた。

受付に戻ると、もう一時の始業時間までわずかだった。

昼食に出ていた社員がゾロゾロと戻って来る。

そのとき――。

「誰か飛び下りたぞ！」

という叫び声がした。

表で騒ぎが起こっている。どうしたんだろう？

由美が腰を浮かすと、ロビーへ駆け込んで来た男性社員が、真っ青になって受付へ走って来た。

「一一九番へ！　救急車を呼んでくれ！」

と、上ずった声で言う。

「はい！　誰が――」

「分からない。ともかく誰かが上の方から飛び下りたんだ」

由美は手もとの電話で救急車を頼んだ。

でも――そんなに高い所から飛び下りたら、とても助かるまい。

そのとき、社長秘書の南久仁子が足早にやって来た。

「大澤さん！」

「はい」

「社長はどこ？」

「――え？」

「社長室にいらっしゃらないのよ。どこへ行かれたか知らない？」

「さあ……」

その瞬間、由美には分かった。

飛び下りたのは、野上社長だと。

告別式

「映画見に行く約束があったのに」

と、神代《かみしろ》エリカは口を尖《とが》らした。

「そう言うな。こればっかりは予定が立たん」

と、タクシーの中でなだめているのは、父親のフォン・クロロックである。

「そりゃ分かるけど……」

「な、涼子《りようこ》は虎《とら》ちゃんの用事で行けんのだ。一応、〈クロロック商会〉の社長としては、一人では格好がつかん」

「変なところで見栄張らないでよ」

と、エリカは言ってやった。

――エリカにも分かっている。

クロロックは雇われ社長の身。何ごとも手落ちのないようにしておきたいのだ。

エリカは黒いスーツ姿。――クロロックの方はもともと黒マントを着ているから、お葬式にも向いている(?)。

マント姿は吸血鬼のスタイルの定番。

本来、ヨーロッパのトランシルヴァニア出身の「本物の吸血鬼」であるクロロックは、一年中この格好。

神代エリカは、父クロロックが迫害を逃れての旅の末、辿り着いた日本で結婚した日本人女性との間に生まれた〈半・吸血鬼〉。

もっとも、現代日本の生活に適応して生きる二人は、暮らしも昼型。クロロックも社長業を何とかこなしている。

クロロックの恐れるのは、ニンニクよりも十字架よりも、後妻の涼子である。

「――亡くなったのは、〈S貿易〉の社長さん?」

と、エリカは訊《き》いた。

「うん。野上《のがみ》といってな、同業者の集まるパーティで会ったことがある」

同業といっても、中小企業の〈クロロック商会〉と、〈S貿易〉では雲泥《うんでい》の差。

「それでも、気さくに声をかけてくれたものだ」

「自殺ですって？」

「社長室のある八階から飛び下りたそうだ」

「気の毒に。——何かあったのかしら」

「さあな。人間は悩みが多い生きものだからな」

と、クロロックは言った。

「吸血鬼は悩みが少ないの？」

「とんでもない。しかし、長生きしておると、悩んでどうにかなることと、どうにもならんことがあると分かってくる。その区別がつけば、早く不要な悩みから脱出できる」

「そんなもの？」

「父親を信用しろ。——おお、あれらしいな」

タクシーを降りて、野上新吉《しんきち》の告別式が行われている斎場へと入って行く。

「——凄《すご》い」

と、思わずエリカは言った。

所狭しと並んだ花輪、長く伸びた焼香を待つ人の列……。

「さすがは大企業の社長の葬儀だな」

と、クロロックは感心している。

「記帳しないと」

名前を書いて、列へ並ぼうとすると、

「クロロック様でいらっしゃいますね」

と、黒のスーツの女性が声をかけた。

「そうですが……」

「私、野上の秘書の南久仁子《みなみくにこ》でございます。パーティの席でお目にかかったことが」

「そうでしたか」

「どうぞこちらへ」

クロロックとエリカは、南久仁子の案内で、一般客と別の席へついた。

「ご焼香願うときには、ご案内申し上げますので」

「よろしく」

エリカは、足早に受付へと戻って行く南久仁子の後ろ姿を見送って、

「優秀な秘書の見本みたいな人ね」

「よく私のことを憶えとったな。大したものだ」

それはたぶん、クロロックのユニークな衣裳のせいだろうが、エリカはあえて言わなかった。

十五分ほどして、同業者の焼香が始まった。

南久仁子が手ぎわよく客を案内している。

「——お待たせいたしました。クロロック様」

「これは娘のエリカです。家内が来られず、代理として連れて来ました」

「わざわざ恐れ入ります。では、どうぞ」

と促して、南久仁子の目が一瞬、何かに釘づけになった。

エリカがその視線を追うと、どうやら焼香を終えて帰って行く客に、会葬御礼のハガキを渡している若い女性を見ているらしい。

「——ここ、お願い」

南久仁子は、他の女性社員にそう声をかけると、足早にその女性の方へと向かっ

て行った。

そして、何か話しかけると、その肩を抱くようにして一緒に姿を消した。

「お父さん、見た？」

「うむ。——どうも、少々険悪な雰囲気だったな」

ともかく焼香をすませると、二人は南久仁子たちを捜してみることにした。

「——あれだな」

クロロックは人間より遥《はる》かに鋭い聴力を持っている。

「聞こえた？」

「こっちだ」

人気《ひとけ》のない廊下を行くと、南久仁子の声がエリカの耳にも届いて来た。

「どういうつもりなの？」

問い詰めている口調だ。

「南さん、私、別に何も言っていません」

相手はおどおどと答える。

「ごまかさないで！　ちゃんと情報が入ってるのよ。——いいこと、大澤《おおさわ》さん、あなたは社長さんが飛び下りたと分かったとき、少しもびっくりしなかった。そうでしょ？」

「あの……それは……」

「社長さんが死ぬんじゃないかと予感してたって言ったんですってね。警察の人に」

「いえ、そんなこと言いません！」

「じゃ、何と言ったの？」

大澤という若い女性は、うつむき加減になって、

「私は——正直に、あのときの社長さんの言葉をそのまま……」

「何とおっしゃったの？」

「初めは——あの肖像画のことを、『どう思うか』って訊かれました」

と、野上社長とのやりとりを話し、

「それで……」

と、口ごもった。

「それで？　——どうしたの？」

「あの……社長さんが私に……」

と、消え入りそうな声。

「聞こえないわ！　はっきり言って」

「はい……。社長さん、私に……キスされたんです」

その一言は、南久仁子の中の何かを決定的に破壊したらしい。

「でたらめもいい加減にして！」

と、叫ぶように言うと、いきなり平手で相手の頬をバシッと打ったのである。

「社長さんが——あなたにキスした、ですって？　そんなこと、あるわけないでしょ！」

「でも、本当なんです」

「どういうつもり？　社長さんと深い仲だったとでも言うつもりなの？」

「まさか！」

「それで、お金をせしめようっていうのね？　社長さんに囲われてたとでも言うつもり？」

「とんでもありません！　私の名前さえ、ご存知なかったんですもの」

——聞いていたエリカは、チラッと父を見て、

「出て行った方が？」

「いや、待て。誰か来る」

と、クロロックが止める。

「——南さん！　います？」

と、受付の女性が一人、駆けて来て呼んだ。

「はい、ここよ！」

「あ、良かった。——今、受付に画家の桐山《きりやま》様が」

「まあ。桐山竜《りゅう》先生？　すぐ行くわ」

「はい」

南久仁子は、ちょっと息をついて、

「——いいわ。大澤さん。この話は後で。ともかく、今は告別式を無事に終わらせましょう」

相手は一言もなく、ただ黙っていた。

南久仁子が足早に受付へと消えて、エリカとクロロックはそっとものかげから出

て行った。

「——ごめんなさい」

と、エリカが声をかけると、怯《おび》えたように、

「私、嘘なんかついてません！」

「分かっとる」

クロロックが肯《うなず》いて、

「あの南久仁子という秘書は、亡くなった野上社長を愛しておったのだな。しかし、その思いは胸の奥に秘めて、表には出さなかった。だから、君が野上社長とキスしたと聞いてショックを受けたのだ」

「南さんが？」

「心配することはない。賢明な女性だ。落ちつけば自分の気持ちが分かるさ」

「はい……。あの——クロロックさんですね。私、大澤由美《ゆみ》といいます」

「ほう、私のことを？」

「吸血鬼ドラキュラみたいな格好の人がいる、って社内でも有名です」

それを聞いて、クロロックは、

「『ドラキュラ』は創作だがな。まあいい。——しかし、今の君の話にあった肖像画というのを見たいものだ」

「その前に、描き手を見に行きましょうよ」

と、エリカが言った。


「まあ、桐山先生」

南久仁子は急いで受付へ駆けつけた。

三十代か四十代か、年齢のよく分からない男が、スラリとした長身を黒のスーツに包んで立っていた。

「ああ、これは……。南さん、でしたね。秘書の」

「はい。その節はお世話に……」

「野上さんはお気の毒なことでしたね。私としても、肖像画を仕上げたばかりでしたから、ショックでした」

滑《なめ》らかな口調。——礼儀正しく、一分の隙《すき》もない。

「あんまり悲しんどるようには見えんな」

と、クロロックは言った。

「とても有名な人だそうです」

と、大澤由美が言った。

「肖像画を頼む人が多すぎて、何年も待つんだとか」

「ほう。何年もな」

南久仁子が先に立って、画家を案内して行く。

クロロックたちは、焼香を終えているので、表に立っていた。

桐山竜は、焼香を早々に終えると出て来た。やはり南久仁子がついて来ている。

「お忙しい中、ありがとうございました」

「いやいや。――あの肖像画ですが、社長が新しい方になれば、社長室に掛けておくのも妙なものでしょう?　もし処分なさるようなら――」

「とんでもない!」

と、南久仁子は首を振って、

「あの絵は会社のある限り、社長室の壁を飾っているべきです」

「久仁子さん」

と、声をかけたのは、和装の喪服姿の未亡人だった。

「奥様――」

「桐山さんですね。野上の家内、妙子《たえこ》と申します」

クロロックとエリカは顔を見合わせた。由美が察して、

「奥様は、まだ三十六歳なんです。社長さんと三十近くも年齢が離れていて。もちろん三人目の奥様です」

と、小声で言った。

色白で、冷ややかな感じの美人だ。――夫を亡くしたといっても、悲嘆にくれているようには見えなかった。

桐山は型通りのお悔やみを述べた。

「桐山さん。おっしゃる通り、社長室の主が変われば、肖像画も変えるべきだと思います。その節はご相談を」

と、妙子は言った。

「いつでもご連絡下さい」

桐山は挨拶《あいさつ》して、立ち去ろうとした。そして、少し離れて立っていたエリカたち

の方をチラッと見ると、ふと足を止めた。

そして、大股に歩み寄って来ると、

「——すばらしい」

と、首を振って、

「君をモデルに、ぜひ一枚描かせてほしい」

桐山が見ているのは、大澤由美だった。

死を呼ぶ絵

「私、南《みなみ》さんに殺されちゃう」

と、大澤由美《おおさわゆみ》は、今にも泣き出さんばかりだった。

「心配するな。にらまれても、死にはせん」

クロロックの言葉は、あまり慰《なぐさ》めになっていない。

「でも、確かに凄《すご》い目つきだったわ、あの秘書の人」

と、エリカが言った。

「亡くなった社長が最後にキスをしたというだけでカッカしていたのに、尊敬している画家が、自分ではなく、この子に目をとめたので、屈辱と感じたのだろうな」

三人はエレベーターで社長室のフロアへと上って行くところだった。

「私、迷惑です」

と、由美はため息をついて、

「大体、私が肖像画なんて描いてもらっても仕方ないし。誰もほしがりませんわ、そんなもの」

エレベーターの扉が開く。

「こちらです」

由美は、社長室へエリカたちを案内して、

「あら。――ドア、鍵かかってる」

「なるほど」

と、クロロックは肯《うなず》いて、

「あの南久仁子《くにこ》という女性、ちゃんと知っておったのだな」

「それで、すぐにOKしてくれたのね、肖像画を見るのを」

「すみません……。鍵、下の管理室で借りて来ましょう」

「むだだ。きっと、誰にも貸すなという連絡が行っとるだろう」

「せっかくおいでいただいたのに……。南さんも、もっとプロのプライドを持った人だと思ってた」

由美も憤然としている。

「なに、鍵を借りなくても、開けばいいのだろう」

「でも、鍵が……」

と、由美が言ったとき、カチャリと音をたてて、社長室のドアが静かに開いた。

「まあ！　――どうやって？」

由美が目を丸くしている。

「なに、少々奇術をたしなむのでな」

と、クロロックは涼しい顔で言った。

由美が中へ入って、明かりをつける。

「――わあ」

と、エリカは言った。

言葉にならない。

「うむ……。これは大したものだ」

クロロックは静かにその肖像画へと歩み寄って行った。

「よく似てらっしゃるんで、私もびっくりしたんです」

と、由美が言うと、クロロックは、

「これはただ似ているというのではない」

と、首を振った。

「私も娘も、この野上《のがみ》社長をよく知っていたわけではない。しかし、これを見て、まるで本人がここにいるように感じた」

「はあ……」

「お父さん、何かありそうね、裏に」

「たぶんな。本当ならこの絵を調べてみたいほどだが……」

「調べる？」

「お前には匂わんか？　私の鼻には、この油絵から、ごくわずかだが、油絵の具でないものの匂いがする」

「それって、何のこと？」

と、エリカが訊《き》いたとき、社長室の戸口の辺りで、

「ハクション！」

と、派手なクシャミの音がした。

しかも、立て続けに三回。――その男は、いい加減クシャクシャになったハンカチで鼻を拭《ぬぐ》うと、

「失礼」

と言った。

「どちら様でしょう？」

と、由美が訊いた。

「下で、この絵を見せてほしいと頼んだのですが断られましてね。上手《うま》く受付の人の目を盗んで、上って来ました」

三十五、六というところか、何となく薄汚れた印象の男である。

「僕は――N署の須川《すがわ》という者です」

と、警察手帳を見せる。

「刑事さんですか」

「何の用でここへ来られた？」

と、クロロックが訊く。

「絵画に趣味がおありかな？」

「仕事上の関心です」

須川という男は、野上の肖像画を見上げて、

「いや、大したもんだ」

「どういう仕事についての関心です？」

「野上さんは死んだ。——この絵が掛けられた日に。実はね、野上さんが初めてじゃない」

「というと？」

「二カ月前、K生命社長、田辺孝夫《たなべたかお》が列車に飛び込んで自殺しました。その数日前に、桐山竜《きりやまりゅう》に描かせた肖像画が完成したばかりだった」

「まあ……」

エリカも関心があるようだ。

「さらにその三カ月前には、M自動車の社長として、イギリスからやって来ていた、ヘンリー・ウエイドが、猟銃で自殺した。やはり桐山竜に肖像画を描いてもらって一週間後だった」

須川は淡々と言った。

「──それって、どういう意味ですか？」

と、エリカは訊いた。

「知らん。僕はただ単に事実を並べているだけだ」

「それは誠に興味深い話だの」

クロロックが肯く。

「しかしね、刑事としては、こんなことは口に出せないんですよ。『だから何だっていうんだ？』と、上司から一喝されておしまいです」

「確かに、常識人には理解しにくいだろうな」

「しかし、何かある。そうじゃありませんか？」

「説明するのは容易ではないだろう。しかし、放っておいていいということもない」

クロロックは、なおしばらくその肖像画を眺めていたが、

「完成した絵を見ているだけでは、よく分からんことが多すぎる」

と言って、由美の方を見た。

「──何ですか？」

と、由美は後ずさりして、

「私――モデルになるのなんて、いやです！　描かれたら死んじゃうかもしれないんですよ！」

「我々がついておる。大丈夫」

「だって……。もしものことがあったら……」

「心配するな。ちゃんと墓はたててやる」

「心配ですよ！」

と、由美は言い返した。

「――何してるの？」

鋭い声が社長室に響いた。

南久仁子が入り口に立っていた。

「やあ。お許しをいただいたので、社長の肖像画を拝見しているところだ」

クロロックが愛想良く言うと、

「鍵、開いてました？」

「もちろん。我々のために開けておいてくれて感謝しておる」

南久仁子はちょっと引きつったような笑みを浮かべて、

「どういたしまして。——そちらの方は？」

須川刑事が名のると、不審げに、

「なぜ刑事さんが？」

「いや、それが——」

「自殺となると、一応調べなくてはならんということだそうだ。そうですな？」

「——はあ、その通りです」

須川はポカンとしている。

クロロックが一瞬催眠術をかけたので、何だかよく分かっていない。

「由美さん」

と、南久仁子が言った。

「桐山先生が、ぜひあなたにモデルになってほしいそうよ」

「あの……私……」

「見かけによらず、上手なのね、男をたらし込むのが」

由美は表情をこわばらせて、

「どういう意味でしょうか」

「社長さんだけでなく、桐山先生まで、こっそりお付き合いしていたのね」

「とんでもないです！　私、お会いしたのも今日が初めてで――」

「じゃ、どうしてあなたみたいな田舎《いなか》娘をモデルに？」

　由美はムッとした様子で、

「きっと、田舎を描きたいと思われたんですわ」

「そうかもしれないわね。でも、モデルになるからといって、仕事をおろそかにしてもらっちゃ困るわ」

「はい」

「お断りしてもいいのよ」

「いいえ！　私、ぜひ描いていただきますわ！」

　由美は勢いで、桐山のモデルを承知することになってしまった……。

消えた男

「私って、どうしてこうおっちょこちょいなんだろ」

由美《ゆみ》は自己嫌悪に陥《おちい》っていた。

「――仕方ないですよ。あの場合は、他に道はなかったでしょう」

と、エリカは慰《なぐさ》めた。

「いや、勇気のある行動だ」

と、須川《すがわ》がほめる。

「言わないで。泣きたいくらいなんですから」

と、由美はしょげ返っている。

「落ちついて。私たちがついてますよ」

と、エリカが慰めた。

「――あの白い家かな？　いかにもアトリエ風だ」

日は改まって、車を運転するのは須川刑事。

後部座席に、エリカと大澤《おおさわ》由美が乗っている。

クロロックは「本業」の社長業で忙しく（たまには仕事もするのである）、エリカが付き添って来たのだった。

「本当にこれだ」

その白い邸宅の前に車を寄せて、須川が啞然とした。

確かに、ちょっと目をみはる大邸宅である。

しかし、エリカは「アトリエ」にしては、いやに窓が少ないことに気付いていた。

「――お入り下さい」

インタホンで呼ぶと、男の声がして、正面の扉が開いた。

車を玄関前へつけると、エリカは降り立って、少し離れた場所に停まっている車に目をやった。

「須川さん、あの車――」

「ああ、ドイツの車だな。高いんだ」

「感心してないで。あれ、この前の野上《のがみ》さんのお葬式で見ました。たぶん、奥さんの車ですよ」

「野上妙子《たえこ》の？」

須川は急いで手帳を取り出し、

「車のナンバー……。遠くて見えない」

「デジカメくらい、持ってないんですか？」

エリカは視力も優れている。ナンバーを読み取って須川に教えてやった。

「――お待ちしておりました」

玄関のドアが開くと、白髪の初老の男が、正装で現れた。

「私は、桐山《きりやま》家の執事、笹倉《ささくら》と申します」

執事ね。それで、この服装も分かる。

「桐山画伯にお目にかかりたい」

と、須川が、固くなって言った。

「お待ちでございます。――どうぞ」

邸宅の中は、さすがに広く、洒落ているが、やはり窓というものがなくて、昼間だというのに、人工の照明が冷ややかな印象を与えていた。

「アトリエでございます」

執事の笹倉が両開きのドアを開けると、中から明るい女の笑い声が聞こえて来た。

「――やあ、よく来てくれた」

桐山が立ち上がった。

ソファに座っていたのは、野上社長の妻、妙子だった。

「じゃ、私はこれで失礼するわ」

と、妙子は立ち上がって、

「あなたも、この人にうんと美しく描いていただきなさいね」

と、由美へ声をかけて、アトリエから出て行った。

桐山は、気さくな表情で、

「君を描くのを楽しみにしてたよ」

と、由美の肩を叩く。

「私なんかで……」

「君の奥底の美しさを僕は引き出して見せる。――ときに、このお二人は?」

「失礼しました」

エリカが挨拶《あいさつ》すると、

「ああ、野上さんの告別式のときに会いましたよね」

と、桐山は会釈《えしやく》をした。

「今日は由美さんが一人じゃ心細いと言うんで付き添いに」

「どうぞどうぞ。大歓迎ですよ。絵のモデルになるというと、素人《しろうと》の方は緊張するものですからね」

須川刑事は、エヘンと咳払《せきばら》いをして、

「私はN署の須川という者で……」

エリカは、物珍しげにアトリエの中を眺めていた由美が、ちょうど描きかけらしい絵を画架《がか》の上に見て、ギョッとするのに気付いた。

「――どうかした？」

「あの――私、こういうモデルをするんじゃないですよね」

由美が青くなっているのも道理。その描きかけのキャンバスにはくっきりと、あの未亡人が全裸で寝そべっていたのである。

桐山が声を上げて笑うと、

「私の絵のせいで？　そいつは凄《すご》い！　しかし、残念ながら見当違いです」

「しかし現に三人も――」

「私の沢山の絵のモデルの中で、たまたまそうして亡くなる方がいても、ふしぎじゃありませんよ」

と、桐山は肩をすくめ、

「必要なら、どこでも調べて下さい」

と言っておいて、由美たちの方へ、

「この絵はお気に召したかな」

「これ――野上妙子さんですね」

「そう。――どうだね？」

「とても美しく描けてます」

「そうだろう？　君のことも、こういう風に描いてあげるよ」

由美が青ざめる。

「あの……私……スタイル悪いです。足、太いし、短いし」

桐山が笑って、

「君の場合はヌードじゃない。僕の選んだ衣裳を着てもらうよ」

それを聞いて、由美はホッと息を吐き出した。

――エリカは、何かの匂いに引っかかっていた。

父、クロロックが、あの野上の肖像画を見ていて、何か
の匂いをかぎつけた。今、ここではエリカでもかぎ取れる。

クロロックにも来てもらえば良かった。

そう思ったが、社長業もちゃんとやってもらわねば、エリカたちも食べていけない。

「さあ」

と、桐山が言った。

「じゃ、早速着替えてくれるかな」

由美が目を丸くして、

「今、ですか？」

「もちろんだよ。君を描くために来てもらったんだ」

由美が心細い顔でエリカを見ると、

「一緒にいて下さいね！」

と、すがりつくようにエリカの腕をつかんだ。

「――照れくさい」

由美が頰を赤く染めている。

「いいじゃない。とても似合うわよ」

エリカに肩を叩かれて、やっと笑顔が出る。

由美が照れるのも、無理ないところがあった。何しろ、フランス人形みたいな、フワッと裾の広い、フリルやレース飾りの一杯ついたドレスを着せられたのだ。

桐山は器用で、由美の髪も、ドレスにふさわしく、上手にまとめて宝石のきらめく髪飾りをつけた。

「自分じゃないみたい」

姿見の前に立って、由美は言った。

「そうだよ。これはもう君じゃない」

と、並んで立つと、桐山が言った。

「君は絵の中の世界の住人になるんだ」

「はい……」

ドレスや髪飾り、それにアトリエの独特な雰囲気のせいもあるのか、由美もおどおどしたところが段々に消えて、

「じゃ、この長椅子にかけて」

と、桐山に指示されると、

「はい」

と、背筋もスッと伸び、表情もりりしくなっていた。

「——じゃあ、このポーズでじっとしてて。始めるよ」

由美が、もう一度軽く全身を揺すって、姿勢を整えた。

——眺めていたエリカは、ふと須川のことを思い出した。

由美の着替えを手伝ったりしていて、忘れていたのだ。

エリカはそっとアトリエを出ると、玄関ホールへ出た。

「——何かご用で」

執事の笹倉がやって来た。

「あの須川って刑事さん、どこへ行ったか、ご存知？」

「あの方でしたら、先ほどお帰りになりましたが」

「帰った？」

——いつまでもここで桐山が由美を描くのを見物していられなかったのか。

「お茶でもおいれしますか」

「あ、それじゃいただきます」

どうせしばらく待っていなくてはならないのだ。

感じのいい居間へ通され、紅茶をいただいた。——おいしい。

「笹倉さん、一つお訊《き》きしていい？」

「何でございましょう？」

「このお宅って、どうして窓がないの？」

居間も窓がない。いくら何でも不自然に思える。

「旦那様のお好みです。太陽の光は、刻々と変化するので、絵には向かない、とおっしゃって」

「へえ……」

それも一つの考え方か。

エリカは一人になって、のんびりと紅茶を飲んだ。

居間の中を歩くと、マントルピースに、家族写真があった。大分古いものだ。

桐山竜《りゅう》と分かる少年を中に、父親と母親が両側に立っている。そして少年の前に、少し年下の、まだあどけない感じの女の子がいた。

三十分ほどたっている。

アトリエに戻ってみよう。——エリカは歩きかけて何かけとばした。

「これ……」

ボールペンだ。見憶えがあった。

須川がさっき使っていたボールペンだろう。どこかのホテルのをタダでもらって来たらしく、ホテルの名が入っている。

この桐山の邸宅にはそぐわない。

ここに落ちているということは、須川がこの居間へ来たのだ。

エリカは拾ったボールペンをポケットへ入れて、居間を出た。

アトリエに戻って、びっくりした。

由美が長椅子に横になっていて、桐山がそばに立っている。

「――どうしたんですか?」

「急に気を失ってね。素人にとっては、じっと動かずにいるのが、結構重労働なんだ」

「由美さん! ――由美さん、大丈夫?」

エリカは、由美の手を握って、軽くエネルギーを送った。

「ああ……。どうしたの、私?」

と、由美が目を開けて、ふしぎそうに言った。

「軽い貧血を起こして倒れた。よくあることだよ」

「すみません!」

「いや、僕の方こそ、初めは短く切り上げるべきだった。今日はここまでにしよう」

エリカは由美の体を支えて、更衣室へ連れて行き、ドレスを脱がしてやった。

「もう大丈夫。何だか体が軽くなったみたいよ」

と、由美は元気そうに言った。

「良かった。——絵はどうなったのかしら」

「見るのが怖い」

と、由美は笑った。

二人がアトリエに戻ると、桐山は待っていて、絵を見せてくれた。

エリカは、ちょっとびっくりした。

わずかの間に、由美の顔立ちはしっかりと描かれていたのだ。ドレスなどはザッと色づけされただけだが。

「——凄い」

由美も絵を見てびっくりしている。

「お気に召したかな？」

と、桐山が言った。

「はい！」

と、由美は目を輝かせて肯《うなず》いた。

そのとき、エリカはその匂いをかいだ。

「——この車です」

と、エリカは肯いた。

夜になって、風は冷たい。

「間違いないですね。しかし、須川刑事はどこへ行ったんでしょう？」

同僚の刑事が首をかしげる。

——そこは、あの桐山の邸宅からは車でたっぷり三時間もかかる、山間部だった。

エリカは、家へ帰ってから須川へ連絡しようとした。まだN署へ戻っていないということだったので、

「戻られたら、お電話下さい」

と伝えてくれるよう頼んだ。

夕食の後、かかって来た電話は、しかし須川自身からではなく、同僚の刑事のものだった。

「須川さんの車が、山中で発見されたそうで……」

エリカは父と共に、山間《やまあい》の湖畔の道に停めてある須川の車の所までやって来たの

である。

「——変ですね、須川さん、姿をくらますような理由、ないと思うけど」

空の車のそばへ立って中を覗《のぞ》いていたクロロックが、

「——大変かもしれんが、湖底を捜してみなさい」

と言った。

「え？」

「岸からそう遠くないだろう。潜水夫に潜らせなさい」

「待って下さい。どうしてそんな……」

と、若い刑事は言いかけて、

「もちろんです！　早速出動を要請します！」

クロロックの催眠術のせいである。

しかも、相当大げさにクロロックから吹き込まれたとみえ、一時間後にはヘリコプターで潜水夫が到着した。

「——お父さん」

「うむ……。車に相当の血の匂いがした」

「私も気が付いた」

「まず生きとらんだろう。――気の毒だが」

とクロロックは首を振った。

――思ったほど時間はかからなかった。

三十分ほどで須川の死体が発見され、ロープで引き上げられた。

「――ひどい」

と、若い刑事が青ざめる。

須川は喉《のど》を抉《えぐ》るように裂かれていた。

「どこで殺されたんだろう？」

「車の中だろうな」

と、クロロックが言った。

「でも、車の中に血痕がありませんでした」

「よく捜せば見付かるだろう。それに、そもそも血はほとんどこぼれなかったのだ」

「どういう意味です？」

「いずれ分かる」

と、クロロックは言った。

――二人は、その現場を後にした。

「どう思う?」

と、エリカが訊く。

「急いだ方がいいな。――あの由美という子にも危険が及ぶ恐れがある」

エリカは肯いた。

絵の具の秘密

美しかったわ……。

お風呂に浸《つ》かりながら、由美《ゆみ》はうっとりと、自分を描いたあの絵を思い出していた。

「私って、美人だったんだ」

口に出して言うと、何だか照れくさくて笑ってしまう。

「のぼせちゃう」

と、湯船から上がる。

由美にとって、「美しい」という言葉は今まで無縁だった。それが、あの絵の由美は、当人とそっくりで、しかも美しかったのである。

「――それはつまり、私が美しいってことね」

と、由美は言った。
お風呂を出ると、バスタオルで体を拭《ふ》き、それを体に巻きつけて、
「さあ、自分にご挨拶《あいさつ》」
と、鏡の前に立った。
こんなこと、したことがない。
大体まじまじと鏡を覗《のぞ》き込むなんてこと……。
──由美の顔がこわばる。血の気がひいていく。
何なの、これ？
鏡の中には、あまりにみすぼらしい、少しも美しくない、可愛げのない女がいた。
あの絵の私は、あんなに美しかったのに！
「こんなことって……」
何度見直しても、同じことだ。
鏡の中には、パッとしない、垢抜《あかぬ》けしない由美がいた。
見たくない！　──そう思いつつ、目をそらすことはできなかった。
──そう、これが私。

このみにくい私……。

由美はしばし呆然としていた。

あの絵……。

あの絵の中の私が本当の私だわ！

あの絵があればいい！　あの「私」さえ生き残ってくれればいい。

そうだ。

この「みにくい私」は消してしまおう。

あの絵さえあれば充分だ。

由美は引き出しを開けた。

カミソリを取り出す。——買って来ておいて良かった。

「さあ……」

これで死ねば、私はあの絵の中で、美しいまま生き続けることができる。

ためらわなかった。

白い手首を前へ出し、カミソリの刃を当てると、由美は大きく息をついた。

突然、鏡が音をたてて割れ、ギョッとした由美は思わずカミソリを投げ出してしまった。

割れた鏡に、いくつも「自分」が映っている。

「——分かったかな?」

クロロックが、いつの間にか後ろに立っていた。

「あ……」

「ありのままの自分が一番美しいのだ。あの絵の美しさはまやかしだ」

「クロロックさん……」

「絵を描かれていて、倒れたのだな」

「飲み物をくれたんです。一口飲んだらクラッとして……」

「それに麻薬の一種が入っていたのだ。そして、気を失っている間に、君の腕から血を抜き取った」

「血を?」

「その血を絵の具に混ぜ、絵を描き続けた——血の匂いが、野上《のがみ》社長の絵にも匂っていた」

「血を混ぜた絵の具?」

「それは人の心を支配する手段でもある。野上氏も、他の社長たちも、今の君と一緒で、あまりの肖像画の立派さに、現実の自分に失望し、死んでいった」

「じゃ、社長さんも？」

「この絵さえ残ればいい、と思ってしまうのだ」

「私もでした」

「君が死ねば、誰かが代わりに生きかえってくる」

「——誰が？」

エリカがやって来た。

「どうした？」

「連絡したけど、間に合わなかった。妙子《たえこ》さんは夕方出て、行方不明」

「見付かるといいがな。——行こう」

「うん」

「待って！」

と、由美が呼び止めて、

「私も行きます！　ただ——」

「どうした？」

「服を着るんで、むこう向いててくれませんか？」

クロロックは、あわてて由美に背を向けた……。

「——お父さん」

と、桐山《きりやま》は言った。

アトリエの中に、白髪の紳士が立っていた。

「竜《りゅう》。——あれは？」

「母さんもいる。今ここへ来るよ」

「そうか。よくやってくれた」

「願いが叶《かな》った」

と、桐山は笑った。

「これで、あとは浩子《ひろこ》が……。もう時間の問題だと思う」

「再び家族が一緒になれるのだな」

と、父は言った。

「長く夢みてた！　この日の来るのを」

　桐山は父を抱いた。

「——あの車の事故で、僕一人が生き残って、お父さん、お母さんと妹を一気に失ったとき、僕は誓ったんだ。何としても、みんなを生き返らせてみせるって」

「立派にやりとげた」

「うん！　——何度もしくじったけど、もう大丈夫だ」

と、桐山は肯《うなず》いた。

　そのときアトリエに白いドレスの女が入って来た。

「あなたなの？」

「お前……」

「お母さん！」

「竜ちゃん……。会いたかったわ！」

　桐山は「母」へ駆け寄ろうとして、足を止めた。

「竜ちゃん、どうしたの？　母さんを抱きしめてくれないの？」

「お母さん……。その血は？」

桐山が目をみはっている。

――白いドレスの胸もとは血が一杯に飛び散っている。

さらに、女の口から顎《あご》へと、べっとりと真っ赤な血がこびりついていた。

「飢えていたのよ」

と、母が言った。

「わしは、あの刑事の血を飲んだ」

と、父が言った。

「私はここの執事を……」

「笹倉《ささくら》を？　お母さん、笹倉を殺したの？」

桐山がたじろいだ。

「仕方ないわ。生きていくのに、血は必要なんですもの」

桐山の顔から血の気がひいた。

「――誰か来たわ」

と、母が振り向くと、

「きっとあの子ね！」

「浩子かもしれない……」

しかし、アトリエの戸口に立ったのは、黒いマントのクロロックだった。

「あなたは……」

「行ってもむだだ。由美君は死の誘惑を振り切った」

「——畜生！」

「愚かなことをしたな。死んだ者はそっと眠らせてやれば良かったのだ」

「でも——僕は——」

「お前は、とんでもない怪物を作り出したのだぞ」

桐山がよろけて床に座り込む。

「邪魔しないで！」

と、母が叫ぶ。

「私たちの家庭を取り戻せたのに！」

「本物ではない。外見を借りているだけの吸血鬼だ」

エリカと由美が現れた。

「君は……」

「自殺しかけて、思い止《とど》まりました！　お願いです、もうやめて下さい」

桐山の母がクロロックへと向かって来た。

クロロックは軽く攻撃をよけると、

「窓のない邸宅も、不便なのは今何時か、ここにいると分からなくなることだ」

クロロックはアトリエの壁に向かって突進した。

音をたてて、壁が崩れる。

「やめて！」

日光が射し入って来た。

「お父さん！　——お母さん！」

桐山は、二人が悶《もだ》えながら崩れていくのをじっと見ていた。

「——自分のしたことを、よく考えろ」

と、クロロックが言った。

桐山は頭を抱えると、

「家族をよみがえらせたかったんだ……。一人ぼっちだったから……」

と、呻《うめ》くように言った。

「気持ちは分かるが、無理があった。早晩、あの二人も灰に戻った」

「灰に……」

「そう。あのようにな」

床の上に、濡れた灰が澱《よど》んでいた。

「――人の血をすすって生きて行くしかなかったのだ。この方が幸せというもの。少なくとも、これ以上人を殺さずにすむ」

クロロックが手をかざすと、風が起こって、濡れた灰はたちまち乾き、風に散って行った。

「――桐山さん」

由美が言った。

「私の絵、描き上げて下さい。――普通の絵の具で」

桐山は顔を上げ、

「本当に描いてほしいと?」

「ええ！　――美人でなくていいんです。このままの私を描いて」

桐山はゆっくり立ち上がった。

「そうか……。私には絵がある」

「そうですよ！」

桐山は、大きく息をついて、

「さあ、描こう！」

と、絵筆を取り上げた。

鏡を愛した吸血鬼

地下街

それがもともと鏡だったということさえ、誰も知らなかった。

「おい、三橋《みはし》、ちょっと来てくれ」

山中《やまなか》は、古びてすっかり変色してしまった図面を机一杯に広げながら、部下へ声をかけた。

「はい」

三橋は立ち上がってやって来ると、

「課長、何でしょうか」

「課長」と呼ばれると、山中は何だか気恥ずかしくて落ちつかない。しかし、嬉しいことも事実である。

「この図面だけどね……」

「はあ。ずいぶん古いですね」

「しかし、この改修工事がこの駅じゃ最後だろ?」

「そうですね。——もう二十年近くたってるんだ」

三橋もびっくりしている。

「まあ、見にくい図面だが、よく当たっていくと今の駅と違わない。——ところでね、ここのことなんだ」

と、山中は図面の一画を指で示して、

「ここ、地下街への連絡通路だろ?」

「そう——ですね」

三橋が図面を覗《のぞ》き込んで肯《うなず》く。

「ここの壁を見てくれ。——〈鏡〉となってる。しかも寸法を見ると、ずいぶん大きな鏡だ」

「しかし、あんな所に、鏡なんてありましたか?」

「それを訊《き》こうと思ってたんだ」

「さあ……。記憶ないですけど」

「そうか。じゃ見に行ってみよう」

と、山中は立ち上がった。

事務室をさっさと出て行く山中を、三橋はあわてて追いかけたのだった……。

——地下鉄A駅。

都心にあり、朝と夕方には人で溢《あふ》れる。

そのA駅の事務室に、新しくやって来た課長が山中竜一《りゆういち》である。四十四歳。

課長という肩書を初めてもらって、山中はえらく張り切っている。以前いた駅では、一日中モップを手にして、あちこち掃除して回っていたと、もっぱらの評判。

地下道は今、閑散としている。午後の三時過ぎ。一番人の少ない時間である。

この地下道を真っ直ぐ行くと、様々な店が並んだ地下街につながっている。

問題の場所は、駅の改札口を出て地下道へと曲がる、その角にある。

「ええと……。この壁か」

山中は大きな図面を折りたたんで持って来ていた。

「そうですね」

三橋が覗き込んで、確かめるように左右を見回した。隅から隅までよく知っているはずの駅である。

三橋哲夫《てつお》は三十一歳。大学を出て、ずっとこの駅で、すでに九年目になる。

「この壁面ですね。――でも、鏡じゃないですよ。大方、割れたかどうかして、はがしたんじゃないですかね」

山中は黙ってその壁面を見つめていた。

周囲の壁と同じ色に塗ってあるが、じっと見ていると、どこか表面の感じが違う。

「課長――」

「シンナーかベンジンのようなものはないか?」

「はあ?」

「ちょっとこすってみたいんだ」

三橋は、服のしみ抜きに使うベンジンを取って来た。

「かしてみろ」

柔らかい布にベンジンをしみ込ませる。揮発性の匂いがツンと鼻をついた。

山中はその布で壁をゴシゴシとこすってみた。

初めは何の変化もなかったが、二度、三度と同じ箇所をこすっていると、塗料が落ちてきた。

「——見ろ」

と、山中が言った。

「驚いたな!」

三橋も目を丸くした。

塗料がはげ落ちると、その下からは、薄汚れてくすんではいるものの、間違いなく鏡の面が現れたのである。

「鏡だったんだ! ——たぶん、この面、全部が」

「しかし……。どうして塗っちゃったんでしょうね?」

「さあ分からんな。しかし、ここが鏡なら、照明を反射して、この辺が明るくなる。——誰かに、この面の塗料を落とさせてくれ」

「はい」

正直、三橋は今のままでいいじゃないか、と思った。しかし、課長の命令だ。

「——課長」

「何だ?」

「これを全部落とさせるのは大変だと思います。業者に頼んでもいいでしょうか」

山中は一瞬迷ったが、

「いいだろう。ただし、あんまり高くならないようにしてくれ」

「はい」

三橋はホッとした。——自分でやることになったら、シンナー中毒になっちまうよ！

しかし、一体どこの業者がこの大きな壁面一杯の鏡を受注したのか、今さら記録など残っていないだろう。

事務室へ戻って、三橋は清掃業者の電話番号を調べ始めた。

山中は大きな図面を机の上で折りたたんでいたが——。

「おい、三橋」

「はい？」

「来てみろ」

手招きされて行ってみると、山中は図面のあの鏡の箇所を指した。

「ここに電話番号がメモしてある」

「あ、本当だ」

「気が付かなかったな。初めから書いてあったんだろうか……」

山中は首をかしげた。——どう考えても、こんなメモがあった記憶はない。しかし、目の前にあるものを否定することもできなかった。

「この番号へかけてみましょう」

三橋は、その番号をメモして、自席に戻ると、電話へ手を伸ばした。

かけてみると、呼び出し音が聞こえた。つながってはいる。

しかし、向こうはなかなか出なかった。諦《あきら》めかけたとき、

「もしもし」

と、男の声がした。

「あ、どうも。地下鉄A駅の者ですが」

と、三橋は言った。

「はい。お待ちしていました」

「え？」

「出るのに時間がかかって申しわけありません。長く眠っていたものですか

ら……」

　奇妙に単調で、聞く方も眠くなりそうな声である。

　外国人なのかな？　それなら、妙なものの言い方も分かるというものだ。

「あのね、この駅の地下街へ続く通路に鏡がはってあるんですが、これはおたくの？」

「はい、私どもの仕事です」

「あれをきれいに磨いてほしいんです。どうしてだか、今は塗料が塗ってあって、全然見えないんでね」

「すぐ参上します」

「いや、そう急ぐわけでもないんだ。一度見て、見積もりを出して下さい。その上で――」

「代金はいただきません」

「え？　どうして？」

「設置した以上、それをきれいに磨く責任がありますから」

「じゃ、無料でやってくれるんですか？　それはありがたい」

「いえ、こちらこそ」

その奇妙な男の声は言った。

「思い出して下さって、ありがとうございました……」

その声は、どこかひどく遠くから聞こえて来た……。

鏡の中の人影

「わっ！」

と、声を上げたのは、橋口《はしぐち》みどりだった。

「何よ、みどり。急に大声出して。びっくりするじゃないの」

と、大月千代子《おおつきちよこ》が顔をしかめる。

「だって、驚くわよ。目の前に自分が立ってたら」

「まあ」

神代《かみしろ》エリカは目を丸くして、

「こんな所に鏡なんてあった？」

N大生の三人は、大学が午前中で終わり、帰りに足をのばして、このA駅までやって来た。

この地下道を行った地下街の店を見て歩こうというのである。

「——本当ね。今まで全然気付かなかった」

千代子も鏡の前で足を止めると、

「それにしても、きれいに磨いてあるわね」

そう。——改札口を出て、地下道が曲がった、ちょうど目の前にその鏡が現れるので、一瞬そこに誰かいるのかと錯覚するのだ。

「よっぽどていねいに磨いたのね」

几帳面《きちょうめん》な千代子は感心しているが、大まかなみどりは、

「きれい過ぎて、却《かえ》って気味悪いわ。エリカはどう?」

「そうね……。すぐ汚れちゃうでしょうね、また」

——神代エリカは、本当なら鏡嫌いでもおかしくない。

母は日本人だが、父はルーマニアのトランシルヴァニアからやって来た正統な吸血鬼の一族、フォン・クロロック。

「吸血鬼は鏡に映らない」

というのはもちろん作り話。

フォン・クロロックは、

「それじゃ、吸血鬼はどうやってひげを剃るのだ？」

と笑った。

そう。――吸血鬼が鏡に映らないとしたら、デパートで試着したとき、鏡には洋服だけが透明人間よろしく映るのか？

「行こうよ、エリカ」

みどりに促され、エリカは我に返った。

「どうかしたの？」

と、千代子が訊《き》く。

「そうじゃないけど……。千代子、鏡の中の私たち、どこか違ってない？」

「どういう意味？」

「いえ――いいの」

エリカには、鏡に映った自分が、まるでそっくりな別人のように見えたのである。

でも、そんな馬鹿なことがあるわけはない。

「行こう！　バーゲンセールが待っている！」

「オー！」

勇ましく行進して行く二人の後を、エリカは急いで追いかけた……。


夕方のラッシュアワー、この地下道を通る人々はせかせかと急ぎ足で、ただ、毎日通っているだけに、

「へえ、鏡だ」

「わあ、きれいに磨いてある」

と、びっくりする人は多いものの、チラッと見るだけで通り過ぎて行く。

ラッシュ時には、足を止めていたら他の人に追突されてしまう。

エリカたちは、買い物しながらあちこち歩き回って別の駅から帰ったので、帰りにはこの鏡の前を通らなかった。

時間は過ぎ、ラッシュアワーから客は減り続けて、やがて夜もふけ……。

「まだ早いのに……」

と、もつれた舌で文句を言いつつ地下道をやって来たのは、いい加減酔っ払ったサラリーマン。

ちっとも早くはないのだが、不満そうなのは、「終電に乗る気なら、あと十五分は飲めた」からである。

ふしぎなもので、飲んで酔っても、ほとんどの勤め人は終電車に間に合うように帰るのだ。だから、終電は結構混んでいる。

このサラリーマン氏は、二本前の電車に乗れる時間にA駅へとやって来たので、地下道は閑散として、他に人影がなかったのである。

「ああ……。面白くねえ」

いいことなんか一つもない。――係長という肩書のまま、十年以上も「放っておかれて」いるこのサラリーマンは、うんざりしていた。

部下の可愛い女の子は、声をかけても返事もしてくれない。

畜生！　どうしてだ？

俺は上司で、いつもやさしくしてやってるじゃないか！　ミスをしたのを、見て見ぬふりしたことだって、二度や三度じゃない。

それなのに……。

「ああ……」

ため息ばかりついていた尾崎《おざき》は（この係長にも、一応名はある）ギョッとして立ちすくんだ。

誰もいないと思っていた地下道に、突然男が現れたのである。

しかも、ネクタイは曲がり、ズボンはしわくちゃ、はおったコートのベルトを引きずっている。――なんてだらしない奴なんだ！

尾崎は、あっちへ行け、というように手を振ってみせた。すると、相手の男も同じように手を振るのだ。

「俺を馬鹿にしてるのか？」

と、食ってかかると、向こうも身構える。

はて？　どこかで見たことのある奴だ。

そして――尾崎は気付いた。

その男は、鏡に映った自分だったのだ。

何てことだ……。

このみっともない酔っ払いが俺か？

尾崎はあわててその大きな鏡の前でネクタイを締め直し、コートのベルトをちゃんと締めた。

そうか。——これじゃ須川《すがわ》あかりが相手にしてくれないのも無理はない。

須川あかりは、二十三歳になる「可愛い部下」である。尾崎は何度か食事にも誘ったが、いつもあれこれ理由をつけて断られてしまう。

このだらしない男が、上司だというだけで誘ったところで、貴重なアフターファイブの時間を費やす気にはなれまい。

一度に酔いも覚めてしまって、尾崎は鏡に背を向け、力なく改札口へと歩き出した。

すると——。

「尾崎さん」

可愛い声が後ろから呼びかけて来た。

嘘だ。——嘘だ。

まさか……。

「係長さん」

やっぱりあの子の声だ。

尾崎はゆっくりと振り向いた。

「——須川君」

「尾崎さんったら、ちっとも気付かないんだもの」

「気付かない、って……。何のことだい？」

「私の気持ちに、よ」

「君の——気持ち？」

須川あかりは真っ直ぐに歩み寄って来ると、少し伸び上がって尾崎にキスした。

尾崎の血圧が一気にはね上がったことは言うまでもない。

「須川君……」

尾崎の声は上ずっていた。

「あかりって呼んで」

「あかり……。本当は君は……」

「疑ってるの？」

「そうじゃないが……。僕はこんなだらしのない男だし……」

「そういうところが好きなのよ」

尾崎は、須川あかりのきゃしゃな体を抱きしめた。——夢のような抱き心地だ。

「一緒に来て」

と、あかりが尾崎の腕を取る。

「どこへ行くんだい？」

「いい所」

と、あかりがいたずらっぽく笑って、

「目をつぶって」

「こうかい？」

「そうよ。——そのまま、一緒に来て」

尾崎は歩き出した。

待てよ。この方向に真っ直ぐ行くと——あの鏡にぶつかりそうだが。

「目を開けちゃだめよ」

「うん」

「そのまま。——そのまま」

尾崎は、不意にひんやりとした空気に包まれた。

目を開けると——真っ暗だった。

「どこだい、ここは？」

「闇よ」

「闇？」

「永遠のね」

あかりの声ではなかった。

花束

若い女が、そこにうずくまっていた。

「どうかしたのか」

フォン・クロロックは少し手前で足を止めた。

「どうしたの？」

一緒に歩いていたエリカが訊《き》く。

「いや、あの鏡の前で、しゃがみ込んでいるから……」

エリカは父、クロロックについて、銀座《ぎんざ》へ出ての帰りである。

少し早めの夕食を外でとって、地下鉄A駅への地下道を歩いて来た。

クロロックの妻（とはいえ、エリカより一つ若い！）と虎《とら》ちゃんは、仲のいい家族と一緒に温泉に行っていて、クロロックは少々羽根をのばしているところだ。

だからといって、クロロックが妻、涼子《りょうこ》を愛していないわけではない。それでも夫婦というものは、時々お互い一人になる時間を持つ必要があるのだ（結婚三十年の著者が言うのだから間違いない）。

エリカは、あの異様に磨き上げられた鏡の前に、若い女性が鏡の方へ向いてしゃがみ込んでいるのを見た。

「何してるんだろうね」

「あれがお前の言った鏡か」

「そう。――何だか気味が悪くない？」

吸血鬼にしては妙なセリフだ。

クロロックは鏡の前に立って、映し出された自分の姿に見入った。

「――どう？」

と、エリカが訊くと。

「うむ……」

クロロックは腕組みをして、

「なぜこんなにいい男なのかな」

「——お父さん！」

と、エリカがにらむ。

「あ、ごめんなさい」

と、しゃがんでいた女性が立ち上がった。

「お邪魔でしたか」

クロロックは、女性の足下に置かれた白い花束に気付いた。

「その花を？」

「はい」

若いＯＬらしい女性である。

「誰か、ここで亡くなったんですか？」

エリカが訊くと、女性はちょっと辛《つら》そうに目を伏せて、

「ええ……」

と、小さく肯《うなず》いた。

「私の上司が」

「ほう。——それで花を持って来たのか」

そこへ、駅員がやって来た。

「またか！　困るよ」

と、顔をしかめて、

「通る人がどう思う？　縁起でもない」

「申しわけありません」

「持って帰ってくれ。それとも、こっちで捨てるが、いいね」

駅員が花束を拾い上げようとしたが、

「まあ待ちなさい」

と、クロロックが声をかけた。

「何だね、あんたは？」

「通りかかっただけだが、この娘さんは亡くなった人を悼《いた》んで花を捧げているのだ。

結構なことではないか」

「しかし、ここは――」

クロロックと目が合うと、駅員はちょっと首をかしげて、

「――うん、確かに。花をあげるのは大変いいことです」

「そう思うだろう。だったら、何か花びんを持って来て、その花束を入れておいてはどうかな」

「それはいい考えです！　すぐ持って来ます！」

駅員が急いで戻って行くのを、その女性は呆気に取られて見送っていた。


「須川《すがわ》あかりと申します」

と、その女性は改まって、

「本当にありがとうございました」

「まあいい。——さあ、飲みなさい」

地下鉄に乗るのはやめて、近くの喫茶店へ入った三人である。

「亡くなったのは、私の直接の上司だった、尾崎《おざき》係長です。四日前、終電近くにこの駅へ来て、あの鏡の前で倒れたらしいんです」

「君は一緒だったのかね」

「いいえ。誘われることはよくありましたが、お断りしていました」

「どういうわけで？」

「尾崎さんは——四十六歳で、奥さんもお子さんもおありです。私のことをどう思っておられたのか……。ともかく、私は奥さんのある方とお付き合いする気になれなくて」

「それは賢い。家庭の平和は大切だからな」

クロロックとしては、やきもちやきの涼子のせいで身にしみている。

「でも、私も本当は尾崎係長のこと、嫌いじゃなかったんです」

と、あかりは言った。

「こんなに突然亡くなってしまうのなら、一度くらいお付き合いしておけば良かったと思えて……」

「それはどうかな」

クロロックは首を振って、

「死後、それが分かれば、その係長の奥さんはショックだろう」

「おっしゃる通りです。——何もなくて良かったのかも」

クロロックはコーヒーを飲んで、

「死因は分かっているのか?」

「心臓発作だろうとか……。でも、尾崎さんは心臓が悪いなんて、一度も言われたことないんです」

「心臓か。——ま、誰でも死ぬときは心臓停止だからな」

「いい加減ですよね」

クロロックは少し考えていたが、

「その尾崎という係長は、どんな風に倒れていたのかな?」

「どんな風に……」

「鏡によりかかっていたのか、鏡から少し離れていたのか……」

「さあ。——それが何か?」

「ちょっと気になるのでな」

と、クロロックは言った。

「ええ、見付けたのは僕です」

三橋《みはし》という職員は肯いて言った。

「見付けたときの格好ですか? ——そうですね、鏡の方を向いて、ぴったりくっつくように倒れてました」

「鏡の方を向いて？　確かかね？」

「ええ。でも、死因に不審なところはなかったんですよ」

「特別どこも悪くなかった人間が突然倒れて死んだ。それだけでも不審だ」

「まあ、そう言われれば……」

三橋が口ごもっていると、

「どうかしたのか」

と、上司らしい男がやって来た。

「あ、課長。こちらの方が――」

クロロックは、その山中《やまなか》という上司に、

「ここは前から鏡だったのかね？」

と訊いた。

「いや、塗り潰されていたんですよ」

山中は、古い図面で、この面が鏡だと分かった事情を説明した。

クロロックの目が鋭くなった（たまにはそういうこともある）。

「面白い。では、前任者がここをなぜか塗り潰していたのだな」

「ええ。しかし、鏡の方がやはり明るくていいでしょう」

エリカはその鏡の面に手を触れた。

「――お父さん」

「どうした？」

「手の跡がつかないよ」

「なるほど。――これは毎日磨いているのか？」

「そんな暇《ひま》はありません」

と、三橋が苦笑して、

「業者に磨かせて、そのときのままです」

「業者はどこだね？」

「ええと……。忘れましたね。ともかく、タダでいいと言うんで」

「教えてもらえるかな？」

「あの図面に電話番号が。――待って下さい」

三橋が事務室へ取りに戻る。

「――何か問題でも？」

山中がけげんな表情で訊いた。

「ふしぎだと思わんか。ここは毎朝、毎夕、大勢の人間が通る。この鏡に触れる者もあろう。しかし、どこにも、手の脂《あぶら》がついていない。埃《ほこり》もついていない」

「確かにそうですが……」

「これは普通の鏡ではない。これを塗り潰させた者は、何か知っていたのだろう」

三橋が当惑顔で戻って来た。

「課長、あの図面を見たんですが、どこにも電話番号は書いてありません」

「馬鹿な！　君、かけたんだろう」

「そうなんですが……。消した跡もありません」

クロロックはその鏡をじっと見ていたが、

「何か変わったことがあれば、知らせてくれるか」

と言った。

「変わったことというと……」

「これで終わりではないと思う。――用心することだ」

クロロックたちが行ってしまうと、山中は肩をすくめて、

「何だって言うんだ？　たかが鏡じゃないか」

と言った。

思い出

「ご苦労さん」

山中《やまなか》は制服を脱いで、ロッカーへしまうと、三橋《みはし》へ声をかけた。

「どうだ。帰りに一杯付き合わないか」

「すみません。今日はちょっと……」

三橋が照れくさそうに言う。

「デートか」

「そんなところです」

「それなら、邪魔せんよ。早く行ってやれ」

「ええ。――じゃ、お先に失礼します」

三橋は、見ている山中の方がちょっと照れてしまうような、キザなスタイルで、小走りに出て行った。

ロッカールームのドア越しに、三橋の調子外れな鼻歌が遠ざかって行く。

山中は苦笑した。

「若いってのは、いいことだな」

と、ひとり言を言うと、山中はコートをはおってロッカールームを出た。

今日は、遅番ではないので、世間の普通の勤め人より少し早く帰れる。

山中は、しかし、デートの約束があるわけでもなかった。

「——お疲れさまです」

すれ違う若い駅員に声をかけられる。

俺は四十四歳だ。若い奴らから見れば、もう「年寄り」だろう。

いつの間にか、あの鏡の前に来ていた。

あの妙な——映画の吸血鬼ドラキュラみたいな格好の男が、思わせぶりなことを言ってたな。

確かに、これほど埃《ほこり》っぽい地下道で、何日たっても表面にチリ一つつかないというのはふしぎだが……。

それがどうしたっていうんだ?

山中は肩をすくめた。

一人で飲んで帰るか……。

山中は五年前、妻を亡くしていた。娘が一人いるが、山中の手では育てられない。

今は山中の母親が一緒に住んでいる。

もう五年だ。――再婚、という言葉が、周囲ではチラホラ聞こえてくる。

しかし、今の山中は、とてもそんな気になれなかった……。

「咲子《さきこ》……」

妻は五年前、ガンと診断され、アッという間に死んでしまった。

元気で、美しかった咲子。

若かっただけ病気の進行が早かったのだろうが、それにしても、入院してわずか二週間。

やせたり、やつれたりする間もなかった。

「苦しまずにすんで、幸せだったじゃないか」

と言ってくれる人もいて、それはそうかもしれないと思う。

だが、一方で、咲子の死をなかなか「現実」として受け止められないのも確かなのだ。

まるで、角を曲がるとヒョッコリ咲子と出会って、

「あら、ちょうど帰るところよ」

とでも言われそうな……。

――山中は苦笑して、歩き出した。

ラッシュアワーにはまだ早く、地下道に人影はなかった。

「あなた」

背後に、呼ぶ声がした。

――空耳か？　幻聴か？

今の声は……。

「あなた。急いでるの？」

「いや……」

振り返ると、咲子が立っていた。

気に入っていて、外出のときよく着ていたニットのスーツを着て、微笑んで立っ

ている。

「お前——」

「長く留守にしてごめんなさいね」

そうか。留守にしていただけなんだ。

「京子《きょうこ》は元気？」

「ああ。お前に似てきた。もう中学一年だ」

「早いわね！」

「一緒に帰ろう」

「ええ。でも、その前に……」

「その前に？」

「久しぶりで会ったんですもの。そんなに急いで帰らなくてもいいんでしょ？」

「まあ……京子はお袋がみててくれる」

「じゃ大丈夫よ。二人きりになりたいわ」

「ああ……」

「行きましょう！」

白い手が差しのべられる。

山中はその手をつかもうとして――。

違う。――違う。

棺《ひつぎ》の中にいたんだ、お前は。灰になり、骨になって、この手で泣きながら拾ったんだ。

こんなことがあるわけはない！

「あなた。――どうしたの？」

山中は両手で耳をふさぎ、目をつぶると、

「お前は死んだんだ！」

と叫んだ。

「あなた――」

「消えてくれ！　お前はもうこの世にいないんだ！」

「私はここにいるわ」

咲子の声は、耳をふさいでも聞こえてきた。

「ここにいるわ」

「違う！　お前はいない！　いない！」

「あなた！」

冷たい手が山中の手をつかんだ。氷のようだ。

「さあ、あなた——」

「やめてくれ！」

「もう離れなくてすむのよ。これからは永遠に」

「だめだ。——だめだ」

「さあ、あなた！」

凄《すご》い力で、山中は引きずられて行った。

「やめてくれ！　——やめてくれ！」

不意に手が離れた。

山中は転倒した。

「——お父さん！」

バタバタと駆けてくる足音。

山中は目を開けた。

目の前、ほんの数センチの所に、鏡があった。

「お父さん！」

顔を上げると、真新しいブレザーの制服を着た娘の京子が、鞄を手に立っている。

「——京子か」

「どうしたの？　大丈夫？」

「ああ……」

山中は立ち上がって、フラついた。

「しっかりしてよ」

京子が支えてくれる。

「今……お父さん、何をしてた？」

「鏡の前で何か叫んでたよ」

「誰か一緒だったか？」

「一人だったよ。だって、誰もいないじゃない」

山中は周囲を見回して、

「そうだな」

と肯《うなず》いた。

「お酒、飲んでるの？」

「いや……。ちょっと夢を見たんだ」

「夢？　寝てたの？　立ったまま？」

京子が目を丸くする。

「そんなところだ」

山中は娘の肩を叩いて、

「お前、どうしてここへ来たんだ？」

「今日、お父さんが早番って知ってたから、一緒に何か食べたくて」

「そうか」

「おばあちゃんの作るご飯、何でも辛《から》いんだもの」

山中は笑って、

「よし！　お前の好きなものを食べに行こう！」

と言った。

「やった！」

「しかし、うちで用意してたら？」

「大丈夫。今日はお友だちとクラブの集まりがあるって言ってある」

「こら、嘘はいかんぞ」

一緒に歩きながら、山中は言った。

「嘘も方便だよ」

中学一年生にやり込められてしまう山中だった。

しかし――あれは何だったのだろう？

迷える魂

「社長が暇《ひま》っていうのも、いいような悪いようなだね」

と、エリカが言った。

「何を言うか。いいことに決まっとる」

と、クロロックは言った。

「そう？」

「社長が暇ということは、社員が自分で仕事をのびのびとやっておるということだ」

「まあね」

フォン・クロロックは〈クロロック商会〉の社長である。

もっとも、「雇われ社長」なので、そういばってはいられない。

社長室も大して立派というわけではなかった。

「——お客様です」

と、受付の女性がドアを開けて言った。

「仕事の話なら、出ていようか？」

大学の帰りに寄っていたエリカが訊《き》くと、答えるより早く、

「先日は……」

と、須川《すがわ》あかりが入って来た。

「やあ、あんたか。来るだろうと思っとったよ」

クロロックの言葉に、あかりは、

「何かご存知ですか」

と言った。

「新聞で見ただけだ。まあかけなさい」

あかりは、古ぼけたソファに不安げに座った。

「あの鏡の所で……」

「二人、死んだな。——一人はあの近くの地下道に住むホームレスの男。もう一人

は、若い女だった。あんたかと心配したぞ」

「短い間に三人も……。やっぱり何かあるんでしょうか」

「あれはただの鏡ではない」

「といいますと?」

「そう。いわば、魂のこめられた鏡とでもいうかな」

あかりはますます分からない様子だ。

「お父さん、何か知ってるの?」

「地下鉄のオフィスのコンピューターで、あの鏡を設置させた駅長を調べた」

「お父さん、そんなことができるの!」

エリカが目を丸くした。

何しろクロロックは、初めてパソコンと相対して、説明書に〈本体を立ち上げて下さい〉と指示があるのを見て、自分が椅子から立ち上がったという機械音痴。

それも、何百歳という年齢を考えれば仕方ないが。

「馬鹿にしたもんではない」

と、クロロックは気取って、

「お前の友人だからと思って、千代子《ちよこ》君に頼んだら、しっかり請求書を送ってきた」

「何だ、変だと思った」

「その駅長が何か関係してるんですか？」

と、あかりが訊く。

「当人から話を聞こう」

と、クロロックは立ち上がり、

「ついさっき、千代子君から、その男の現住所が分かったと言って、知らせてきた」

「私もご一緒してよろしいですか」

あかりはもう立ち上がっている。

すると、ドアの所で、

「私も一緒に行く」

と、声がした。

見れば中学生らしい女の子。ブレザー姿で、学生鞄をさげている。

「あなた、誰？」

と、エリカが訊く。

「クロロックさんのこと、三橋《みはし》さんから聞いたの。私、山中京子《やまなかきょうこ》。Ａ駅の山中の娘です」

「ああ、あの人の。でも——学校は？」

「臨時休校です。私だけ」

「サボってるんじゃないの」

「そうとも言います」

愉快な子だ。

クロロックは笑って、

「よし、一緒に行こう。道々、どうしてあの鏡に興味があるのか、話を聞く」

と、山中京子を促した。

「やった！」

京子はニッコリ笑って、ふと須川あかりを見ると、

「——こんにちは」

と言った。

「どうも。須川あかりよ」

と、自己紹介して、

「どうして私の顔をジロジロ見てるの？」

「ごめんなさい」

「いいのよ、見てくれても。でも、大して面白くないと思うけど」

「いいえ」

京子はちょっと首を振って、

「何だか似てるんで……。私の知ってた人に」

と言った。

そして、社長室を出て行くクロロックの後を、あわてて追って行った。

〈北神《きたがみ》〉という表札さえ、ほとんどかすれて見えない。

アパートそのものも、そのうち自然消滅（？）するかという古ぼけた年代物だった。

ブザーを何度か鳴らすと（チャイムなんて洒落たものはついていない）、

「どなた？」

と、かすれた声がした。

「北神修作《しゅうさく》さんのお宅ですな」

クロロックが声をかけると、玄関のドアがゆっくりと開いた。

「――どなたです？」

すっかり髪の白くなった老女が、クロロックたちをけげんな顔で眺めた。

「北神修作さんは――」

「主人ですか。ここにはいません」

「奥様で」

「北神伸代《のぶよ》と申します。――主人に何のご用で？　ともかくお入り下さい」

アパートの中も、貧しげだった。

山中京子は、こんな「貧しさ」を見たことがないのだろう、少しこわばった表情で、部屋の、雨漏りのしみのある天井や、割れて新聞紙を貼った窓を眺めた。

「お茶は飲みたきゃ買って来て下さい」

と、北神伸代は言った。

「お茶の葉を買うようなぜいたくはできないので」

何か手土産《てみやげ》でも用意してくるべきだった、とエリカは思った。

「ご主人は地下鉄A駅の駅長さんでしたな」

と、クロロックが訊く。

「はい。もう二十年も前のことですが」

「その後――亡くなられた？」

「さあ……。たぶん死んだでしょう。生きていれば、私が六十四ですから、今七十でしょうか」

六十四……。伸代はどう見ても七十過ぎだ。

「するとご主人は――」

「行方不明になって、そのままです」

「行方不明？」

「はい」

伸代は肯《うなず》いて、

「お恥ずかしい話ですが、駅長だった夫は、公金を使い込み、それが発覚すると、姿を消してしまったんです」

「それは、捜査がされたんですか」

「いいえ。上の方の責任になるとまずい、ということで、もみ消されました。でも、主人の使い込んだお金を、家や土地を売り払って、返せるだけ返せと言われ……。私は二人の子供と路頭に迷いました」

「それは気の毒な」

「子供たちを学校へやるため、何でもやりました。——体を売るまでに身を落とし、それでも何とか……」

「お子さんたちは？」

「もうそれぞれ家庭を持っていますが、こんな汚い仕事をしていた母親には、声もかけてくれません」

京子が思わず、

「だって、子供さんのためにそうしたんでしょう？」

と言った。

「ええ。でもね、結婚した相手の手前、そんなことが知れたら……。私はいいの。子供たちが幸せにやっていてさえくれたら」

京子の目からポロッと大粒の涙が落ちると、仲代は胸を打たれた様子で、

「お嬢さん。こんな女のために泣いて下さってありがとう」

と、頭を下げた。

クロロックは厳しい表情で、

「ご主人はなぜ公金を使い込んだのかな？」

「女です」

と、仲代は言った。

「忘れもしません。たまたまあの駅で気分が悪くなった若い女を駅長室で休ませたのですが、その女と恋に落ち……。東加代子《あずまかよこ》という女でした」

仲代は深々とため息をつき、

「女に甘えられるままに、旅行に連れ歩き、服や宝石を買い、車まで買ってやっていました。――おかしい、と私が気付いたときは、もう取り返しのつかないことに……」

「その女は？」

「主人の使い込みが発覚すると、アッという間にいなくなってしまいました」

「ご主人も後悔したでしょう」

「さあ、どうでしょう。五十近くなっての恋は忘れられないと申しますものね。主人はたぶん――人知れず自殺したのだと思います」

「何の連絡もないのですな」

「はい、ひと言も」

仲代はふしぎそうに、

「でも、主人のことをどうして？」

「ご主人がA駅に大きな鏡を取り付けさせたのをご存知ですかな？」

「はあ、そういえば、忘れておりましたが。主人が辞める直前に命じてやらせたのです」

「その鏡のことで何かおっしゃっていませんでしたか」

「いえ……。駅員の方から、聞かされただけです」

「なるほど」

クロロックは肯いた。

「——お父さん、あの鏡は……」

「うむ。——奥さん。ご主人にお会いになりたいですかな?」

伸代が、唖然としてクロロックを見つめていた……。

鏡に潜むもの

「お父さん！　これ――」

と、エリカが言いながら社長室へ入って行くと、クロロックはちょうど電話中だった。

エリカに手を上げて、待て、と合図すると、

「なるほど。――私は単なる代理人でしてな。――もちろん。――今夜、十一時に地下鉄A駅の改札口前に。――そうです。北神《きたがみ》さんが駅長を務めていた駅ですよ」

エリカは持っていた新聞をクロロックの机の上に置いた。

「――ではお待ちしております」

クロロックは電話を切った。

「今の電話は？」

「分かるだろう」

　エリカは新聞を指さして、

「これ？」

「そうだ」

〈たずね人〉の広告。――そこには、〈会いたし。北神修作《しゅうさく》。東《あずま》加代子《かよこ》様〉とだけあって、電話番号が書かれてある。

「これ、お父さんのここの番号だよね」

「ああ。こんなにすぐ連絡が入るとは思わなかったな」

「東加代子から？」

「ああ。まず間違いなく当人だろう。A駅と聞いて動揺していた」

「今夜十一時って……」

「人気《ひとけ》の少ないときでないと、大騒ぎになる心配もある」

「じゃ、北神伸代《のぶよ》さんは？」

「お前、迎えに行って、連れて来てくれ」

「いいよ」

クロロックはゆっくりとお茶を飲んで、

「二十年という時間も、燃え盛った恋の火を完全に消すことはできんのだな」

と言った。

「そうだ。あの山中《やまなか》という男にも参加してもらわんと」

クロロックは、電話へ手を伸ばした。

「——もしもし。——ああ、山中さんかね。先日お会いしたクロロックという者だが。——ああ、そのことで大切な話がある。今夜、そちらでちょっとした会合を開きたい。——何？　何と言った？」

クロロックの声が高くなった。

「——いかん！　危険だ。すぐやめさせなさい！　今、そっちへ行く！」

エリカが目を丸くしている。

「どうしたの？」

「人が三人も死んだので、またあの鏡を塗り潰すことにしたそうだ。——今、作業にかかるところらしい。すぐ行こう」

クロロックとエリカは急いで社長室を飛び出した。

A駅で地下鉄を降り、ホームから階段を駆け上がって行くと、ただならぬ様子が伝わって来る。

「何かあったな」

クロロックは厳しい表情で、

「やめさせろと言ったのに！」

野次馬が地下道に溢《あふ》れ、警官が必死で、

「立ち止まらないで！　――通行の邪魔をしないで下さい！」

と叫んでいる。

「――山中さん」

エリカが、呆然と立っている山中を見付けて声をかけた。

「ああ……。クロロックさん――」

「どうしたね？」

「作業が始まっていたのですが、突然……」

人波を分けて覗《のぞ》くと、鏡の前に、作業服姿の男が二人、倒れていた。

「救急車を呼んだのですが、手おくれでした……」

手にしたペンキの缶は転がって中身がぶちまけられている。二人は刷毛を手にしていた。

「鏡にペンキを塗ろうとしたのだな」

「そうです。——駅長の命令で」

「気持ちは分かるが……。これは理屈だけで割り切れんことなのだ」

「クロロックさん。一体これは……」

「待ちなさい」

クロロックは首を振って、

「本当のことを話しても、誰も信じない。マスコミが面白おかしくしてしまうだけだ」

「ですが、このまま鏡を放っておいては——」

と、山中が言いかけたとき、

「お父さん！」

「京子《きょうこ》！　お前——何しに来たんだ？」

「サボってないよ。帰りだもん」

　と京子は言い返して、

「また何かあったって、ニュースで聞いて。——二人も?」

「お前は家へ帰ってるんだ!」

　山中が娘に言い含めようとしているところへ、警官が、

「検死をしますので、ここを布で仕切りたいんですが」

「分かりました。——三橋《みはし》君!」

　父親が他へ向いている間に、京子はじっと鏡の方を見ていたが——。

　不意に、京子は鏡の方へ歩み寄った。そして手を伸ばして、表面へ触れようとした。

「危ない!」

　エリカは飛び出した。

　京子が突然鏡の中から突き出た手に腕をつかまれた。

　悲鳴を上げる間もなく、京子は鏡に向かって引っ張られた。

　エリカが間一髪、京子の腕をつかんだ手にエネルギーを叩きつけた。

　手は弾かれるように京子から離れ、素早く鏡の中へ引っ込んだ。

エリカは京子を抱え上げて、クロロックの方へ放り投げた。

京子の体が宙を飛んで、クロロックの腕の中へスポッとおさまる。

——すべては、ほんの数秒間の出来事だった。

「京子！」

「私——どうしたんだろ？」

京子はクロロックの腕に抱かれている自分に気付いて、目をパチクリさせている。

「——落ちついて。もう大丈夫よ」

と、エリカは言った。

「今……鏡の中から手が……」

「言ってはならん」

と、クロロックが言った。

「すべては今夜になれば分かる」

「今夜？　私もね」

「お前はだめだ」

「お父さんがだめって言っても、私、必ず来る」

京子は言い張った。

「全く……。言い出したら聞かない奴で」

「お父さんに似たのよ」

と、京子は言い返した。

「それに、お父さんだって、私がいた方がいいと思うわよ」

「どういう意味だ？」

「今に分かるわ」

と、京子は澄まして言った。

クロロックは感心して、

「あんな怖い目にあっておいて、元気なものだな」

「女は強いのよ」

と、エリカが言うと、

「よく分かっとる」

クロロックは大真面目《おおまじめ》に肯《うなず》いた。

「何が起こるんでしょう？」

タクシーの中で、北神伸代は不安げに呟《つぶや》いた。

「ご心配なく。父がついてますから」

と、エリカは言った。

「クロロックさんとおっしゃったかしら。ふしぎな方ね」

「ええ、まあ……」

吸血鬼ですとも言えない。

タクシーがA駅の近くに着いた。

二人はエスカレーターで地下へ下り、地下街を抜けて、A駅の改札口へ向かった。

あの鏡の前に、人が立ち入らないよう、警察がテープを張りめぐらしている。

そこにクロロックたちの姿があった。

「――やあ、よく来られました」

「どうも……」

伸代は会釈《えしやく》した。

他に、山中竜一《りゆういち》と娘の京子、そして、須川《すがわ》あかり。

もう一人、女がいた。

仲代は曖昧《あいまい》に会釈して、それからやっと気付いた。

「——まあ！　あなたね」

「奥様……。お久しぶりです」

と、東加代子は頭を下げた。

「あなた……。でも……老けたわね」

と、仲代は言った。

東加代子も二十年、年齢《とし》をとっている。当然のことだ。

しかし、四十代半ばのはずの東加代子は、やはり髪が半分以上白くなり、地味なスーツ姿は、かつて北神の愛人だったという話から遠いものだ。

「病気をしまして」

と、東加代子は言った。

「まあ」

「三十のとき、結婚したのですけど、五年ほどでうまくいかず、別れました。一人で仕事をしていましたが、三十代の末に大病をして入院し、一年近く退院できませんでした」

「それは大変だったわね」

「貯金も底をつき、仕事もなくて、すっかり貧乏暮らしをすることに……。今は何とか食べていますが、正社員ではないので、いつクビになるか分かりません」

東加代子は、微笑んで、

「昔、奥様やお子さんたちを泣かせた罰を受けているんだと思いました」

伸代も、老けてやせてしまった、かつての夫の愛人に、何も言うことができなかった。

「――北神修作さんは、ある意味では死んだ。しかし、ある意味で生きている」

と、クロロックが言った。

「どういう意味です？」

と、伸代が訊《き》く。

「北神さんは、この鏡の中にいる」

「中に？」

「駅長を辞め、東さんにも逃げられ、死ぬしかないと思い詰めたろう。しかし、ただ死ぬ気にはなれなかった。——駅長としての最後の権限で、この大きな鏡を設置したのだ」

　クロロックは鏡の方を向くと、

「並外れた、東さんへの執着が、そんなことを可能にした。この鏡の前で命を絶ち、肉体は滅んでも、その思いは鏡の中に残った」

「死んだ？」

「そうです。当時の関係者が、死体を発見し、ひそかに片付けてしまった」

「まあ……」

「以来、鏡の中から、彼は——彼の魂はずっと目の前を通る人々を見つめているはずだった。ところが、思いがけないことが起きた。次の駅長が、彼のことを思い出すのもいやだということだったのか、鏡を塗り潰してしまったのだ。当時、彼にはまだそれを止めるほどの力はなかった……」

　山中が青ざめて、

「では、私がこの恐ろしい事件を引き起こしたのですか？」

「何も知らなかったのだ。仕方ない」

と、クロロックは慰《なぐさ》めた。

「鏡は再び磨かれ、彼は目ざめた。——しかし、いくら魂といっても、生きのびるのには養分が必要だ。その第一番に狙われたのが、尾崎《おざき》という男だ」

——鏡に向かって、クロロックは言った。

「姿を現せ。何人もの人間を死なせて、自ら人の形になっただろう」

不意に、鏡の中に人の姿が現れた。

「——あなた！」

と、仲代が言った。

そこにいたのは、駅長の制服に身を包んだ、男だった。——二十年前のままの。

「邪魔をしたら、誰でもこの鏡の中へ引きずり込んでやる」

と、男が言った。

「邪魔など誰もせん。お前は何がしたいのだ？」

「彼女を取り戻すのだ」

と、男が言った。

「いつか、必ずこの前を彼女が通りかかる。それを待っているのだ」

「彼女とは、東加代子のことか」

「そうだ。俺は後悔していない！　あの女のためなら、もう一度身を滅ぼしてもいい！」

誰もが口をつぐんでいた。

――今、現にその「彼女」が目の前に立っているというのに、北神には分からないのだ。

「哀れな奴だ」

と、クロロックは言った。

「一旦、人の精気を奪って生きのびることを憶えたら、これからもやめられまい」

「そうとも。ここを通りかかり、珍しがって手を出す人間には事欠かない」

仲代が鏡へ向かって進んで行った。

「なんて情けない！」

と、声を震わせた。

「たとえ何をしても、私はあなたを恨まなかったわ。それなのに――」

「何だ、この婆さんは？」

と、北神が言った。

「あなたがこうしたのよ」

北神が目をみはって、

「――伸代か？」

「やっと分かったの」

「そうか……。苦労をかけたんだな。申しわけないとは思っている。しかし、自分でもどうしようもなかった。恋というものを、お前も知らない」

「あなただって！」

と、東加代子が言った。

「聞いた声だな」

北神はいぶかしげに、

「お前は誰だ？」

東加代子がよろけて、

「分からないって言うの？」

北神の顔に驚きの色が浮かんだ。

「――まさか！」

「そうよ。東加代子よ。二十年たてば、人は変わってしまうのよ」

北神が身震いすると、鏡全体が生きもののように揺れた。

「消え失せろ！　俺の前からいなくなれ！」

北神が怒鳴った。

「俺はずっとこの闇の中で待っていたのだ。恐ろしい孤独の中で。その結果が、このひからびた女たちか？　――俺は、若い美しい女を手に入れてやる。いつか必ず、この前を通るだろう」

「愚かな！」

クロロックが言った。

「死なないことを選んだ以上、孤独はその代償だ。耐えなければならぬ。できなければ命を自ら終わらせろ」

「大きなお世話だ！」

北神は、須川あかりに目をやった。

「その女だ」

「え？」

「その女を待っている男がいる」

北神の背後から、尾崎が現れた。

「尾崎さん！」

あかりが二、三歩前に出る。

「あかり……。こっちへ来てくれ。一緒にずっと過ごせる」

「尾崎さん……」

進み出ようとしたあかりの前にパッと両手を広げて立ちはだかったのは、山中京子だった。

「だめ！」

「京子ちゃん……」

「死んだ人の所へ行くなんて、だめだよ！」

「その子が正しい」

クロロックが肯いて、

「あれは幻だ。北神が尾崎の精気を奪い取ったから、ああして姿を映し出せるだけだ」

「お前は何だ？」

「私も永く生きている者だ。その代わり、そのことで他人を恨みはしない」

「待って下さい」

仲代が言った。

「あなた。私をそっちへ行かせて」

「お前が？　――まあいい。来るなら来い」

仲代が鏡の前へ進んで行く。

鏡の中から、北神の腕がスッと突き出てくると、仲代の方へ伸びて来た。

その瞬間、クロロックが仲代をわきへはね飛ばした。

クロロックの手が、突き出た北神の手をつかむと、ぐいと引っ張った。

「何をする！」

「お前をこっちの世界へ引きずり出してやる！」

「やめてくれ！」

北神が叫んだ。

鏡全体が大きく波打った。

次の瞬間、鏡は音をたてて砕け散った。

悲鳴が上がる。

粉々になった鏡が、通路を埋めた。

「――奴も幻だったのだ」

クロロックの手に、古ぼけた駅長の制服だけが握られていた……。

「びっくりさせてすまん」

はね飛ばされた仲代を、エリカが受け止めていた。

「あの人は――死んだのですね」

「滅びたのだ」

「良かった……。もうこれ以上、人様を傷つけなくてすむのですね」

仲代の目から涙が溢《あふ》れた。

「――奥様、申しわけありません」

東加代子が頭《こうべ》を垂れた。

「もとはといえば私が……」

「すんだことですよ」

仲代が加代子の肩を抱いて、

「一緒に行きましょう。――老けた者同士」

加代子が笑った。

「――やれやれ」

山中が息をついて、

「鏡を取り外す手間はいらなくなった。しかし、この破片を片付けんと」

「お父さん」

と、京子が言った。

「仕事のことばっかり言ってちゃ、誰も好いてくれないよ」

「何だ？」

「この人――。お母さんに似てると思わない？」

京子があかりの手を握って言った。

あかりが、ポッと頬を染めた。

――クロロックは一息つくと、

「さて、引き上げるか」

「たかが鏡とも言えないね」

「鏡には人の思いが込められている。——姿だけでなく、心も映し出すのだ」

「心もね……」

エリカは肯いて、

「お父さんの心の中は？」

「心の中？　——むろん、可愛い妻のことで一杯だとも」

と、クロロックは言って、

「そうか！　涼子《りようこ》が帰って来るんだったな！　急げ！」

と、あわてて駆け出した。

「鏡がなくても、充分怖いんだね」

エリカはちょっと笑って、

「待ってよ、お父さん！」

と、あわててクロロックの後を追って走り出した。

吸血鬼ファミリーへ、ありがとう

長《なが》尾《お》治《おさむ》氏インタビュー

一九八一年に集英社コバルト文庫より発売された『吸血鬼はお年ごろ』から二〇〇七年発売の『吸血鬼は殺し屋修業中』まで、シリーズ二十五冊の装画を手掛けた初代イラストレーター長尾治さんにお話を伺《うかが》った。シリーズ開始直後の思い出、約四十年の時を経《へ》て思うこと……エリカとクロロックをはじめ登場人物たちへの温かな眼差《まなざ》しに溢《あふ》れたインタビューとなった。

——読者の皆さんに、再会のメッセージをお願いします。

　こんにちは。エリカのおじいさんくらいになってしまった初代のイラストレーターです。長い間のご愛顧に、ありがとう。エリカやクロロックは年を取らないなんて、いいですよね。

——初めて依頼がきた当時のお気持ちを教えてください。

　依頼があった時は、本や映画の吸血鬼ものは大好物だったので、天にも昇るほど、吸血鬼的には洞窟にも入るほど嬉しかったです。

——個性豊かな登場人物たちが魅力の本作。

スムーズにキャラクター造形は決まりましたか。

キャラクターデザインは締め切りの時間的にタイトだったため、文章を読んですぐにスーッと決めたと思います。どこにでもいそうな現代感覚溢れる明るいエリカ、バラエティ・タレント風のひょうきんなクロロック。人物の性格をベースにして——あと映画好きだったため、クロロックはスパイ映画『007』のショーン・コネリーのイメージ、涼子《りょうこ》ママはハリウッドの伝説、マリリン・モンローのイメージです。似てないけど。

——エリカが夜空を舞う第一巻の表紙は、大

変印象的です。どのように生まれたのでしょうか。

スーパーマンのようなヒーローっぽいものを描きたかった——第一巻なのでシンプルに『ジャンプアップ』がテーマでした。この絵に、もし吹き出しをつけるとすれば『さぁ、いくわよー』です。

——いちばん好きな登場人物をしいていうと、やはりこの「人」の名前があがった。

少し古い(シリーズ初期の)ダンディーなクロロックです。描いていても思わずニヤリ笑ってしまうような、とても楽しかったです。

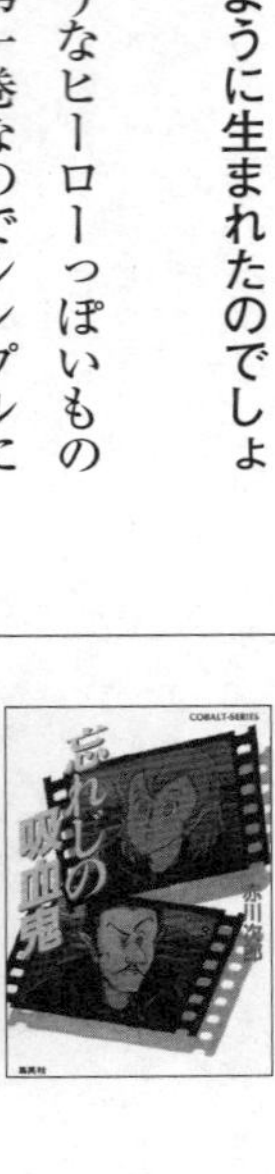

──そのクロロックやエリカ達の見ためには、作品を重ねるごとに変化があったようで……

　イラストを担当した一九八一年から二〇〇七年の間には、時代が進んでアナログからデジタルな出版界になり、私のイラストもコンピューターを使用したりして少し変わりました。あと時代の要請というか、その場の情景を表す「風景画的イラスト」から表情を強調する「劇画的マンガ的イラスト」が主流に。エリカ達の目もパッチリに。特に気に入っているのは『不思議の国の吸血鬼』『暗黒街の吸血鬼』などです。日常から非日常になるスリル、読者のみなさんも吸血鬼ファミリーとなって、

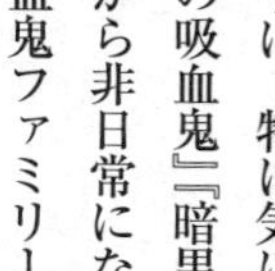

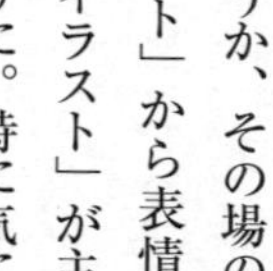

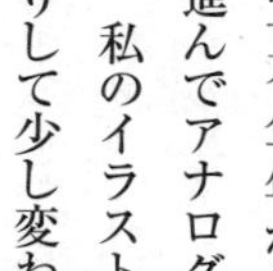

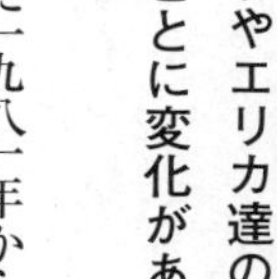

世の中の不正に立ち向かう……本当はどれもおすすめなんですけれど。

——最後に読者の皆さんにメッセージをお願いします。

　私にとって文庫の一冊目から二十五冊目まで、どのエリカ達も友達です。『吸血鬼はお年ごろ』シリーズは勝手ながら宝物です。最後まで読んでくれて、ありがとう。エリカ、クロロック達——これからも楽しく熱く優しく、事件を解決してください。読者のみなさん——エリカ、クロロック、みどり、千代子《ちよこ》、涼子ママ、虎ノ介《とらのすけ》は、いつまでも、あなたの友達です。さようなら。

この作品は二〇〇三年七月、集英社コバルト文庫より刊行されました。

赤川次郎の本

東京零年

巨大な権力によって闇に葬られた事件。その真相を追う若者たちの前に、公権力の壁が立ち塞がり……。巨匠が今の世に問う、渾身の社会派サスペンス。第50回吉川英治文学賞受賞作！

集英社文庫

吸血鬼《きゅうけつき》と生《い》きている肖像画《しょうぞうが》

2019年6月30日　第1刷
2020年9月23日　第2刷

定価はカバーに表示してあります。

著　者　赤川次郎《あかがわじろう》

発行者　徳永　真

発行所　株式会社　集英社
東京都千代田区一ツ橋2-5-10　〒101-8050
電話　【編集部】03-3230-6095
【読者係】03-3230-6080
【販売部】03-3230-6393（書店専用）

印　刷　大日本印刷株式会社

製　本　ナショナル製本協同組合

フォーマットデザイン　アリヤマデザインストア　　マークデザイン　居山浩二

ISBN978-4-08-745897-8 C0193